Las nubes en el agua

ALBERTO GARRANDÉS

Las nubes en el agua

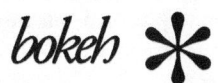

© Alberto Garrandés, 2015

© Fotografía de cubierta: W Pérez Cino, 2015

© Bokeh, 2015

ISBN: 978-94-91515-27-9

Da igual que seas león o cebra.
Cuando salga el sol tendrás que
correr.

Déjenme decir, para empezar, que
no perdono a nadie.
Les deseo a todos una vida atroz
y luego las llamas y los hielos del
infierno.

Samuel Beckett

I.

GRIS DE BORRASCA

En la Casa de los Muertos, mientras enjuga una lágrima inverosímil e imagina faisanes dorados, rellenos de castañas bajo vaporosos y distantes crepúsculos, Gata de Angora le ordena con irritación a Flor de Cactus: *¡Tápate eso, cochina!* Extrañas excepciones –gráciles rostros en la niebla, susurros discontinuos– hacen que esa noche no sea cualquier noche. El parque frente a la Casa de los Muertos, donde pervive un ciprés enfermo y la gente se aglomera antes de entrar en las oficinas del Consejo de Europa, se encuentra desierto y continúa barrido, de vez en vez, por el aire que arrastra hojas y flores mustias. Hay otros objetos que se deslizan sobre el pavimento y se traban en las grietas. Materias dispares, llenas de incongruencia y maldad: dientes recién extraídos, algodones húmedos, cabellos atados con cintas de colores, y papel sanitario seco, doblado en dos, con manchas de sangre y acartonamiento de trombocitos. ¡Muslos demasiado suaves, cánceres, orines, escaras, delirios! Los trombocitos brillan como el ámbar milenario. En el inicio mismo de la madrugada, tres niños de nueve o diez años consiguen unos sables y combaten en el parque con pertinaz elegancia. No falta nitidez en el resuello de los metales. Pero ahora, por los iluminados corredores de la Casa de los Muertos, dos tipos metidos en sobretodos blancos transportan un carro de lata donde brillan tazas de loza y el chocolate se deja oler.

Un sujeto que representaba al Consejo de Iglesias del Levante había llegado el día anterior con una carga de cruces de madera labrada —obsequios venidos de la impar Constantinopla— y las había distribuido dentro y fuera de las salas. Cada una de las cruces mostraba un bonito neón anaranjado que contribuía a acentuar el fervor. Los sarcófagos resplandecen ahora bajo la iluminación del Altísimo, y en los pasillos un aura nueva atempera la tristeza.

Gata de Angora había mandado sellar el ataúd de su marido. El maquillista, un *connoisseur* proveniente del Teatro Imperial, no había podido disimular del todo el feo agujero en la frente de Roberto, practicado *en vivo* con un taladro eléctrico y una broca de media pulgada, mientras tres esbirros lo inmovilizaban, con cuerdas elásticas, en una silla de soberano estilo. Un cuarto esbirro, disfrazado de payaso, afincaba la broca —que, al ir perforando el hueso frontal, soltaba un humillo encantador—, y un quinto y último filmaba la totalidad del proceso, al tiempo que el payaso cantaba un aria de Purcell.

En su casa, encima de una mesa habitualmente llena de revistas, y dentro de una inopinada bolsa de nylon para evidencias criminales, había visto Gata de Angora el taladro homicida. La sorpresa de llegar y encontrarse con todo revuelto no le impedía recordar perfectamente que en la empuñadura del taladro fulguraba un diminuto sello plástico con una marca desconocida y casi ilegible: RED SNAKE.

Pero regresemos a Flor de Cactus, que es una chica atrevida. A pesar de las circunstancias, se mete en un baño para quitarse la tanga negra —calada con meticulosidad— y regresa a la sala donde Gata de Angora rumia su pena. Se acomoda frente a ella, encaramando las piernas y separando las rodillas. El borde del vestido está en alto y empieza a resbalar a causa del peso de una cenefa de satín de la que penden cuentas de vidrio. Con las caras muy alegres los tipos del chocolate invaden el recinto. Y es entonces cuando Gata de Angora le susurra *¡Tápate eso, cochina!* a Flor de Cactus, en el estilo de una cobra real, mientras intenta borrar un sollozo en el que nadie hubiera creído jamás. Al oír semejante mandato y ver el balsámico trasiego de las chicas, uno de los chocolateros queda clavado en el piso de mármol gris, con la boca abierta, sin reparar en el horroroso encanto de un hilo de sangre que se escurre, inoportuno, por una de las patas traseras del catafalco.

Los hombres retroceden, no sin antes depositar dos tazas llenas encima del ataúd de Roberto. A Flor de Cactus aquello le causa una risa nerviosa que no sabe cómo controlar, y Gata de Angora, que es un ser humano lo suficientemente normal, cede con naturalidad al contagio de aquella risa. Para cortarla –porque no era de buen gusto que se carcajeara de ese modo en el velorio de su marido– se levanta del sillón, ase las tazas y le ofrece una a Flor de Cactus, que encarna, todo el tiempo, un pequeño desastre, pero cuya vulva ditirámbica, con oscuros mechones entrelazados y algunas ronchas debidas a un estío particularmente cruel, se comporta como una maravilla salida de algún secreto palacio del Reino de Cathay.

Gata de Angora hunde los labios bermejos en el chocolate –espesado con maicena y especiado con pimienta negra y nuez moscada, de acuerdo con una antigua receta precolombina– y le dice a la otra: *Ponte en situación, amor, que ahorita empiezan a llegar los demás.* Al hacerle ese encargo, mueve el dedo índice de la mano izquierda y apunta a la falda aún en alto, a punto de enroscarse sobre las rodillas y caer al fin, desfachatadamente, sobre el anverso de los muslos. Imagina que así ha de ocurrir y se sorprende, sin embargo, de que en efecto la falda resbale con insolencia como el telón del Teatro de la Ópera.

Ahora Flor de Cactus lo muestra todo. La medusa bivalva empieza a abrírsele y Gata de Angora siente que el chocolate se le sube a la garganta. *Por favor, amorcito* –ruega vigilando la entrada de la sala–, *no hagas eso, ¿quieres?* Flor de Cactus bebe un sorbo y mastica una ínfima raspadura de pimienta. No le importa conducirse así en la Casa de los Muertos. *Es el calor,* dice. *No hace calor, amorcito* —masculla Gata de Angora—. *Lo que pasa es que eres una cochina.* Hay un instante a partir del cual las cosas se ponen peores. Cuando Flor de Cactus acaba su chocolate, se libera de la taza —ahora en el piso— y, con las dos manos, se abre aún más la *chatte,* para decirlo parisinamente. *Qué calor, mi madre, qué calor,* murmura.

Los hombres de blanco y el carro de metal vuelven a irrumpir en la sala de Roberto, y Gata de Angora se lleva una mano al pecho. *Qué susto,* dice. Las ruedas del artefacto son de buena calidad, están bien aceitadas y el piso ha sido bruñido con aserrín y petróleo. No hay modo de oír cuando alguien se acerca sigilosamente. Flor de Cactus tiene los ojos cerrados y no se da cuenta de nada. Uno de los chocolateros, el astuto, ya está listo para intervenir en la odorífera cuestión de las chicas y contempla, conmovido, la medusa parpadeante de Flor de Cactus antes de que el espectáculo termine. Es un *amateur* de los clítoris grandes. El otro, un memo, recoge las tazas con lentitud. Blande una mirada de perfecto alejamiento.

El chocolatero sagaz se para delante de Flor de Cactus, se abre el blanco sobretodo y pone al descubierto un traje de poliéster gris sobre el que reluce una corbata amarilla de lazo. Termina de quitarse el sobretodo, se lo tiende a su acompañante y le dice a la chica: *Soy el agente Legumbre, pero no vaya a equivocarse con mi apellido… no es un apodo.* Flor de Cactus sonríe ampliamente. *Veo que entiende* —asiente el poli—. *Por eso le haré algunas preguntas.* Gata de Angora tensa la cara. *Mejor pregúnteme a mí, soy la viuda de ese hombre* —señala hacia el ataúd—. *Y, como quien dice, todo este asunto se encuentra en mis manos.* El agente Legumbre se acerca a su acólito y le sopla una orden al oído. Cuando éste se marcha a cumplirla, enfrenta de nuevo el semblante serio de Gata de Angora, que ya ha detectado, en la pechera del traje, una curiosa mancha de grasa en forma de cabeza de conejo. *No voy a detenerme, porque no me incumben, en las cochinadas que ya se han visto aquí, delante del muerto... Sólo necesito saber si usted va por fin a presentar su denuncia. Es obvio que a su marido lo mataron, y nos cuesta mucho creer que de su parte no haya habido ninguna reclamación*, sermonea. Flor de Cactus empieza a abanicarse con el borde del vestido. La cenefa y las cuentas de vidrio producen un sonido raro. *Deje de hacer eso, ni siquiera hay calor*, le prescribe el agente con una lástima impropia, como si estuviera dialogando con una enferma mental. *Muy bueno el chocolate, señor Legumbre* —opina Gata de Angora—. *En cuanto a la denuncia, quiero que sepa que no moveré un dedo. En definitiva mi marido está muerto y ahora no soy más que una mujer demasiado joven que forma parte del patético ejército de las viudas.*

Estas palabras resuenan musculosas. El aliento de Gata de Angora huele a placidez y dulzor. Legumbre va a contestar, pero es interrumpido por la presencia de su acólito. *Al fin los conseguí, jefe* —muy contento le muestra al detective dos filosos sables de acero cromado—. *Tuve que quitárselos a la fuerza y por poco me decapitan, pero aquí estoy... Y la verdad es que no sé qué pensar, parecen sables auténticos.* El agente mira a Gata de Angora y después prueba la eficacia de uno de los sables en su antebrazo. Sobre el filo quedan unos pelillos aniñados y rubios y se estremece, vehemente. *Armas peligrosísimas* —exclama—. *Y lo peor no es eso... Me pregunto de dónde las habrán sacado esos jovencitos.* Flor de Cactus torna a levantarse la falda, aventándose con indolencia. Legumbre adivina el rasurado de la chica y, como un rayo de sol, el filo del sable le fulgura hiriente en los ojos. Aprieta la empuñadura con ambas manos y siente una especie de complacencia que se desprende de la seguridad que el sable le brinda. Es una empuñadura muy cómoda, con la textura y el grosor exactos, como el pene que maneja una pajillera experta.

Gata de Angora frunce el ceño. *Tápate eso ya, ¡cochina!*, le dice a Flor de Cactus, que la mira como si al final entendiera. Se levanta de su sillón, movida por una extraña señal, y se acerca al agente Legumbre tras comprobar que Flor de Cactus se ha tranquilizado. *Déjeme ver una cosa, por favor*, le pide. El olor irreproducible de la *chatte* sigue en el aire. *¿Qué cosa?*, pregunta el hombre, reculando un poco ante aquel aliento de doncella exacerbada. *Ahí, en la empuñadura*, indica ella entrecerrando los ojos. Legumbre agarra con cuidado la hoja, deja libre la empuñadura. Gata de Angora se lleva una mano a la boca. *Qué pasa*, oye decir. *La etiqueta… Mire la etiqueta*, indica ella. El agente examina la pegatina de plástico que cubre la zona inferior de la empuñadura. *Red Snake*, lee sin inmutarse. *Red Snake… ¿no sabe lo que es Red Snake?*, grita la viuda. *Serpiente roja*, tercia el acólito. Dios ampara al inocente. *O una referencia a una red… la Red Serpiente*, concluye, triunfal, Legumbre. *Qué infelices* –susurra Gata de Angora con desprecio–. *Red Snake es también la marca del taladro con que mataron a Roberto.*

Sin poder desprenderse todavía de la sorpresa, el agente Legumbre se retira, avergonzado por la imprevisión. No se ha atrevido a despedirse de Gata de Angora. Se siente cogido en falta y necesita sosiego y algunos ocios menores para meditar. En ese instante ni siquiera puede detenerse en la posibilidad de interrogar a los niños. ¿Cómo podría, si los protocolos son interminables? Baja las escaleras de la Casa de los Muertos, usa el teléfono público y, a punto de amanecer, luego de decirle adiós al acólito, entra en la cafetería de los bajos y desayuna unas frituras de maíz tierno con una taza de cereal saborizado. Al dueño, un marroquí que había hecho en Burdeos un doctorado en nutrición, le parece que es él mismo quien debe atender al agente. Y así lo hace. Como Legumbre no sale de su silencio y el marroquí lo conoce bastante bien, intenta sonsacarlo con un señorial café expreso *Tánger 1958*. Inventa recetas al vuelo y se siente atraído por el mundo del delito, con cuyas noticias alimenta un morbo muy oscuro.

–Los chiquitos esos del parque por poco se matan a espadazos… Cualquier día ocurre una desgracia –se insinúa el doctor en nutrición.

–Buen café –dice el agente sin mirarlo–. ¿Dónde lo consigues?

El marroquí queda pensativo.

–Suministros especiales –comenta reservado–. Todo legal.

–No he dicho nada… ¿Especiales como qué?

El marroquí se separa de la barra:

–A ver, Legumbre… Tú no estarás interrogándome, ¿verdad?

–¿Interrogándote? ¿Me ves cara de estar interrogándote? No. No estoy interrogándote. Estoy conversando contigo, a pesar de los líos que tengo en la cabeza. Intento ser cortés. Sólo eso.

–Bueno… ¿Te ha gustado mi café? –sonríe un poco el nutritivo doctor.

–Perdona, hombre, a eso iba… Mira, no es que no me haya gustado, pero yo mismo podría hacerlo en casa… Preparo la cafetera con un polvito de canela y unos granos de anís, la pongo al fuego, espero a que cuele y después le agrego una gota de vainilla, tres gotas de brandy y un poco de cacao sin leche… ¿Se me olvida algo?

El marroquí lo observa burlón:

–Sí –recoge la taza y mira el reloj de pared–. El azúcar.

Resoluto, el sol ya alumbra la calle cuando el agente Legumbre emprende la marcha hacia su casa. No bien llega a la esquina, siente el bronco ronroneo del helicóptero de la Central. Mira hacia arriba y distingue claramente la cabeza pelona del teniente Trufado bajo una señal de aviso en la que parpadea su número personal de registro. Entonces retrocede hacia el parquecito y espera, con cara de fastidio, a que el aparato descienda y se pose.

En el parque no hay nadie.

Aunque, en rigor, no está *vacío*.

Se trata, en todo caso, de un vacío *corrompido*.

El banco más alejado, que es el más próximo a la entrada principal de la Casa de los Muertos, lo ocupa una niña de unos doce o trece años. Junto a ella hay una pequeña jaula metálica dentro de la cual duerme un puma bebé. De vez en vez se agita un poco y la niña sonríe. Le parece gracioso que el puma bebé tenga pesadillas y que nadie pueda saber jamás en qué consisten.

—¡Buenos días! —le grita a Legumbre.

El agente cierra los ojos. «Dioses Benignos, ampárenme», pide en silencio. Evita, obsesivo, el contacto con desconocidos. Sin embargo, mueve una mano en dirección a la niña y asiente. De acuerdo con su experiencia, mediante la urbanidad se evitan algunas catástrofes.

El ruido del helicóptero es cada vez mayor, pero algo extraño sucede: ya a unos siete metros del suelo el piloto deja de descender y apaga la señal enviada al agente. La niña se ha puesto de pie y vuelve a sonreír.

Él empieza a sentirse raro y agita los brazos con el fin de indicarle a Trufado que se lo lleve de allí. Pero el helicóptero va encumbrándose despacio, y entonces Legumbre, convencido del origen infernal de los malentendidos, deja caer el cuerpo encima de un banco, baja la cabeza, la sostiene entre las manos —con los ojos clavados en el pavimento— y permite que el sol le haga un poco de daño. Cuando esto termina de suceder, ya la niña está a su lado, moviendo la jaula reluciente mientras el puma bebé retoza entre gruñidos.

—Tiene hambre —observa la niña—. Siempre despierta así, con hambre.

Legumbre alza los ojos y se fija en la niña.

—Qué quieres —le pregunta. A Legumbre le gusta leer historias, no que se las hagan. De hecho es un buen lector.

—¿Yo? Nada… Procuro vender este ejemplar. ¿A usted no le gustaría tener uno así en su casa?

—No me gustan esos animales.

—Pero es una buena mascota —advierte la niña—. Sirve para muchas cosas.

A Legumbre aquel diálogo le parece excesivo. Y, además, no deja de pensar en **Red Snake**.

—¿No deberías estar en la escuela?

—Hoy no tengo clases —responde la niña antes de poner la jaula en el suelo—. Creo que voy a entrar ahí, a ver si logro vender a Espartaco.

—Así que se llama Espartaco —sonríe el agente—. Oye, ¿dices que vas a entrar ahí? Eso es una funeraria, por si no lo sabes.

La niña se pone las manos en la cintura.

—Claro que lo sé. Pero como las personas tristes suele comprar animalitos...

—¡Vaya! Aun así, cuando crezca... —objeta el agente.

—Para entonces ya Espartaco sería un animal muy manso.

—Hmm, no lo dudo —cavila Legumbre, lleno de fastidio—. Pero todo puede suceder. De pronto se acuerda de que es una fiera y ¡zas!, el zarpazo, o la mordida.

La niña sonríe otro poco y coge la jaula por la argolla que sirve de agarradera. El agente entrecierra los ojos:

—Así que hoy no tienes clases.

—Hoy no.

—¿Y cómo te llamas?

—Valaria.

—Bonito nombre... ¿De dónde eres? No pareces de por aquí...

—Pues ya ve, adivinó usted... Estudio en La Habana, pero mis padres viven en Isla del Rey, en San Miguel.

Ojos de almendra, de color verdoso, y carita redonda, un tanto exhausta. Tez crepuscular, sombreada por genes precortesianos, y un cabello como de fibra óptica teñida con tinta china: duro, brillante y, sin embargo, acomodaticio.

—Eres panameña —asegura Legumbre, orgulloso de sus conocimientos de geografía.

—Eso es.

Se levanta y le da la mano a la niña. Hace una presentación ejemplar, muy formal, con la mirada incrustada en la puerta de la funeraria, por si las moscas.

—Soy el agente Legumbre. Detective de primera clase.

Valaria aprieta la mano tendida y se sienta en el banco, alisándose el vestido y observando el rostro del hombre. Este mira al puma bebé, que se ha quedado dormido otra vez, y regresa a su asiento, junto a su rara interlocutora. Por el momento no va a marcharse y no sabe exactamente por qué.

—¿Qué me aconseja? ¿Entro ahí o no? —pregunta la niña.

—No estaría mal. Si quieres te acompaño, por si acaso.

—No se preocupe, ya es de día. Si no me pasó nada durante la noche y la madrugada, ahora menos… Soy una niña grande —le explica Valaria.

—Bueno, se ve que eres niña y que eres grande —duda el agente—. Pero como quieras… Yo voy a estar un rato por aquí.

Valaria sube la escalera de la funeraria y empuja el cristal de la puerta. Avanza resuelta por el vestíbulo, contoneándose, y se adentra en uno de los corredores. Al final, solitario, el carro de hojalata exhibe un reguero fulgurante de tazas sucias de chocolate.

Flor de Cactus, calurosa y aburrida, otea los rincones y acaba por apostarse en el vano de la puerta de la salita donde Gata de Angora vela a su marido. Ve venir a Valaria y le hace un ademán de *acércate, déjame ver qué traes*. La niña se avecina a la fresca oscilación de Flor de Cactus y esta le suelta una sonrisa:

—Hola, buenos días.

—Buenos, si lo quisiera Dios —aduce Valaria.

—¿Buscas a alguien?

—No, no busco a nadie —dice y levanta la jaula hasta ponerla bajo la luz que escapa del cubículo—. ¿Te interesaría?

Flor de Cactus se acerca y mira al animal dormido.

—¿Qué es? ¿Un leoncito?

—Un puma.

—Y lo vendes.

—22 euros. Barato.

—Ven —coge a Valaria por la mano que le queda libre y entran en la habitación.

—Mira qué lindo —le dice a Gata de Angora sin referirse a la niña. Esta ha retrocedido hasta quedar recortada en el umbral.

—Precioso —afirma Gata de Angora bastante sorprendida—. ¿Ella lo vende?

—Ella misma —apunta con los ojos a Valaria—. Y barato: 22 euros.

—¿Estás loca? ¿De dónde sacas que puedo tener 22 euros?

Flor de Cactus se encoge de hombros, sin entender.

—¿No tienes ese dinero?

La otra se hunde aún más en el sillón y hace un hosco silencio.

—Lo siento —se disculpa Flor de Cactus, acercándose otra vez a la niña—. En otra ocasión.

—Seguro —concede Valaria antes de darle la espalda.

Camina unos pasos en dirección a la puerta de entrada, pero Flor de Cactus aún quiere preguntarle algo:

—¿No vendes otras cosas?

Se vuelve con incertidumbre:

—Hoy me cayó esto… No sé a qué te refieres…

—Fosforeras antiguas, por ejemplo… O cadenas de plata para los tobillos… Déjame ver… ¿Tangas? ¡Tangas, eso! Yo necesito tangas, tipo hilo dental —señala la otra con un pestañeo falto de gracia.

—Hace días tuve hilos dentales. ¿Los usas de una pieza o de dos?

Flor de Cactus aprieta los labios y mete una mano en el bolsillo de su vestido.

–Como este, por ejemplo.

La panameña pone la jaula en el piso y examina el hilo dental que le muestra la chica.

–De una pieza y calado –resume–. No es del tipo que yo uso.

–¿Cuál usas tú? –le pregunta Flor de Cactus.

–De dos piezas, sin calar, pero con la parte delantera más estrecha… Marca *Verve*.

–*Verve* –duda Flor de Cactus–. No la conozco. ¡Y más estrecha! ¿Dijiste *Verve*? *Verve*… *Verve*…

–Te la muestro, para que veas cómo es –decide Valaria y echa una ojeada en torno suyo. Como el salón de espera está aún completamente vacío, alza su vestidito medio conventual hasta la cintura y se sienta en la butaca más próxima.

–¿Ves cómo luce? –dice al separar los muslos.

–Se nota que es muy cómoda –murmura Flor de Cactus.

–Y tiene mucha elasticidad.

Al decir esto, la niña mete dos dedos muy principales por debajo de la pieza delantera y la descorre hacia un lado, apartando de su sexo lampiño la tela lustrosa. Ella es también, como Flor de Cactus, una *shaved-pussy girl*.

–Qué maravilla –escucha.

–¿Te gusta? –le pregunta Valaria.

–Te lo dije –se encoge de hombros, hipnotizada–. Una maravilla.

–Quieres orinar, no puedes aguantarte, estás en la calle y ¡ran! te metes detrás de una columna y ¡zip!, lo corres un poquito y ya –le explica a la otra, que está como doblada sobre sí misma, examinando la tanga de la niña.

–Y no te aprieta, ¿verdad?

–¿Apretarme? ¡Qué va! Es una tela muy noble. Toca para que la sientas…

Flor de Cactus acaricia la textura sedosa, de color malva claro, y hala la tela un poco hacia arriba. Siente el sudor cálido de la vulva medio abierta y la respiración se le corta. Como Valaria no dice nada, se atreve a apoyar los dedos justo en la abertura, presionando ligeramente hasta conseguir que uno de los labios se pliegue del todo.

—¿Te convences de que es una marca muy buena? —le pregunta Valaria inesperadamente.

—Es muy probable que sea la más indicada con estos calores —responde Flor de Cactus con un resto de voz, mientras retira los dedos.

—Por supuesto que sudas, pero no sientes ninguna molestia... Creo que incluso el anverso de la tela es distinto del reverso. El reverso es como más suave... Por lo menos yo lo percibo así.

—Déjame comprobarlo —suplica Flor de Cactus, que ya entonces está de rodillas frente al sexo de la niña de Panamá.

Vuelve a introducir los dos dedos bajo la tela, vuelve a descorrerla, vuelve a apoyarse en la herida bermeja de la vulva. Captura, entre los dos nudillos, la vaina del clítoris, que está bien delimitada, y la aprieta firme aunque delicadamente, pero con astucia. El clítoris emerge, brillante, y torna a esconderse, negado a permanecer visible por más de unos segundos. Flor de Cactus comprime la vaina otra vez y el clítoris de la niña relumbra, por un instante, en la soledad de la Casa de los Muertos, antes de regresar a su guarida. Y así, entre apariciones y desapariciones, transcurren unos minutos...

El puma bebé despierta dando gruñidos como de aviso, y Valaria suelta un último jadeo antes de darse cuenta, con Flor de Cactus, de que un grupo de personas avanza hacia ellas. Se separan de inmediato y fingen buscar algo en el suelo.

—¡Se cayó por aquí! —grita Valaria.

—¡Ahí está! —aparenta Flor de Cactus.

—Buenos días —dice, azorado, uno de los familiares del muerto. Se trata de un hombrecillo arrugado, pero de aspecto vivaz.

—Buenos días —sonríe Flor de Cactus, incorporándose.

—¿Es aquí? —pregunta el hombrecillo.

—Pase —le indica la chica—. Ella está adentro.

Gata de Angora no se ha percatado de nada. En silencio, detrás del hombrecillo, van entrando en el cubículo los demás familiares y amigos.

—Tengo que irme ya —le dice Valaria a Flor de Cactus.

—Y yo… Se supone que debo estar ahí, acompañando a esa gente… Como una estúpida…

—Te doy mi número de teléfono. Llámame por las noches, mientras dan *Suerte que tienen algunos*… No estarás viendo esa caquita, ¿verdad? Todos la ven… Mis padres la ven y se quedan bobos mirando el programa. Esa es la mejor hora para que me llames y platiquemos de algo rico.

Valaria le da el número de teléfono, que es falso, como comprobaría después Flor de Cactus. Recoge la jaula donde ya Espartaco se agita, y camina resuelta hacia la entrada de la funeraria. Cuando termina de bajar las escaleras, distingue enseguida la figura de Legumbre bajo el sol. El detective muerde vehemente una bola de helado de color indefinido, montada encima de un barquillo carameloso.

Se acerca a él.

—Demoraste —advierte Legumbre sin dejar de saborear el helado.

—¿De qué sabor es? —pregunta Valaria.

—*Irish cream.*

—Se ve rico. ¿Me dejas probarlo?

A él la petición le parece un exceso de confianza casi monstruoso. Tiene treinta y cinco años y nunca, en verdad, ha estado en un trance así. Pero le tiende el barquillo a la niña. Ella, en lugar de morder la masa achaparrada del helado, le pasa la lengua por el borde inferior para evitar que gotee.

—Sabe a bebida. Wau, qué asco… —hace una mueca y le devuelve el helado al agente.

—Sabe a bebida porque tiene bebida. *Irish cream.* Whisky, chocolate y otros ingredientes. Lo siento.

—La bebida me hace vomitar —se queja la niña—. Será el alcohol.

—Si quieres, vomita. Pero hazlo en otro sitio, por favor.

Lo mira extrañada:

—¿Usted no sabe distinguir entre una cosa dicha en serio y una broma disfrazada de exageración?

A Legumbre le resulta extraña esa especie de sagacidad. Termina de comerse el helado, incluido el barquillo carameloso, que para él es lo mejor del conjunto.

—Finges tan bien que pensé que ibas a vomitar de verdad.

—Bueno, señor Legumbre, en todo caso sería un vómito casi inexistente… Apenas desayuné. Tan sólo una taza de café. ¿Usted nunca ha vomitado café?

El agente se levanta, mareado por la conversación.

—Tengo que irme a casa ahora, Valaria. Mira —le extiende una tarjeta—, ahí están mi dirección y mi número de teléfono. Me caíste bien. Si llegaras a tener algún problema, búscame.

—Pero es temprano —protesta Valaria.

—Que tengas suerte con Espartaco. Adiós.

Y se marcha rápidamente.

La panameñita queda sola. Por un instante se pregunta si sería o no mala idea regresar a la Casa de los Muertos para continuar su diálogo con la chica de la tanga en el bolsillo y, de paso, intentar vender a Espartaco definitivamente. Sin embargo, decide caminar por el malecón, rumbo a la Habana Vieja, convencida de que la jaula irá a parar a otras manos antes de que el sol vuelva a ocultarse. Como hace calor y se siente húmeda y como rebañada, se despoja sin disimulo de su *Verve* malva claro.

El aire del mar acaricia el cuerpo de Valaria. Los gruñidos de Espartaco se acallan en presencia del rumoreo de las olas. El malecón rebosa de chicas, perros, hombres impíos, pescadores y muchachotes deseosos de gastar energías. El olor de los peces muertos excita a la niña. Al sentir ese olor, Espartaco abre los ojos, desconcertado, y mira a su dueña en busca de una explicación.

De pronto, casi sin percatarse de lo que sucede, Valaria se ve en medio de un tumulto de mujercitas cargadas de cosméticos que van siendo empujadas, por una docena de policías, hacia el interior de una furgoneta blanca y larga. Es un vehículo nuevo, cuajado de invenciones, con ventanillas redondas y una antena en forma de pájaro.

—¡Putas del demonio! —oye gritar—. ¡Entren ya, vamos!

Poco antes de sentir la presión de los policías en su espalda y subir, tropezando, por la estrecha escalera hacia el interior de la furgoneta, Valaria repara en el hecho de que, en efecto, están confundiéndola con una prostituta, y que, en realidad, el vehículo no es otra cosa que un avión recortado y adaptado para moverse en tierra. Se acomoda en uno de los asientos, luego de poner a salvo la jaula, y recuerda la tarjeta de Legumbre. Una negra de ojos amarillos se sienta a su lado y mira a Espartaco con auténtica curiosidad.

—¿Y cómo se usa el bicho ese? —le pregunta en voz baja.

—Estoy vendiéndolo. Si te interesa…

—¿Pero sirve? Es decir, ¿ganas más con él? —insiste la negra.

Valaria sonríe despectiva:

—Mucho más.

—No te creo —dice la negra.

Y en voz baja Valaria le da una enrevesada explicación, tras la cual a la negra se le abrillantan los ojos.

—Increíble. Una nunca termina de aprender —balbucea.

—Así es —ratifica la niña, muy divertida—. Espartaco es un genio. No me imagino qué podría hacer cuando sea un adulto.

—¡Uy, muchacha! —exclama la otra antes de soltar una risotada—. De pensarlo nada más…

—Son animales muy bien dotados. Entre 20 y 25 centímetros. Sin contar con el grosor.

—¡Madre de todos los dioses! Dime el precio, dale…

—50 euros.

–Hmm... Muy alto para mí, queridita. Bájalo...

–35... O sea, 30. No lo bajo más.

La negra tuerce la boca:

–Sólo tengo 15.

–Lo siento –se excusa Valaria–. 15 es demasiado poco.

–Pero si es un cachorrito nada más...

–Lo siento –vuelve a decir Valaria.

La furgoneta se estremece, cargada como va, y avanza por la avenida con lentitud. La Central queda cerca, pero hay que andar despacio. Las putas no pueden recibir ni un golpecito. Los protocolos para tratarlas son muy complejos.

Al reparar en la jaula, un policía se acerca.

–Dame eso –dice apuntando con un dedo enorme, obsceno.

Entonces Valaria abre una mano sudada y blande la tarjeta de Legumbre:

–No sé cómo van a subsanar el error que acaban de cometer conmigo, pero deberían llamar a esta persona.

El policía coge la tarjeta y lee.

–¿Conoces al agente Legumbre?

–Soy su amiga –responde la niña.

–¿Amiga dices?

El policía camina hacia la escalerilla, saluda con marcialidad a otro que es obviamente su superior, y le muestra la tarjeta. Ambos se enfrascan en un breve diálogo susurrado.

A su regreso, ya trae otra cara:

–El jefe quiere saber tu edad –le informa a Valaria.

–17 –miente la niña.

–¡Dice que 17! –grita el policía volviéndose hacia su superior. Este demora en hacer un ademán enigmático. Mueve con precisión las manos, como quien dibuja un ideograma.

–El jefe quiere saber de qué berreadero escapó una niña del agarro como tú –articula despacio, con una mueca babeada.

Valaria lo mira fijo y encarama las cejas. No entiende.

—En fin… Supongo que ya puedes bajarte –le dice el policía entrecerrando los ojos con hastío. Parece que va a bostezar.

—Suerte que tienen algunos –murmura, envidiosa, la negra de los ojos amarillos.

—Así es la vida –sonríe la niña–. Caquita para unos y esplendor para otros.

Cuando baja de la furgoneta, el policía subalterno escucha a su superior con una suerte de devoción:

—Es una margaritona de las peores, pero hay que dejarla ir –concede–. La máquina cerebral de Legumbre se traba de vez en vez.

Valaria comprende que debe darle de comer a Espartaco. Pero como está muy lejos de su casa y, a juzgar por las señas de la tarjeta, bastante cerca del apartamento de Legumbre, decide caminar hasta dar con él. Cuando por fin lo localiza –se trata de un edificio de aspecto indefinible–, respira con tranquilidad y echa una divertida ojeada a Espartaco.

—Ya llegamos –le dice.

Como si entendiera, el puma bebé mueve la testa y empieza a abrir la boca. Su gesto es lento y dilatado. Abre y abre la boca como manteniendo un absurdo designio de serpiente pitón, y entonces emite un «Ah… Ah…» sediento o enfermizo. El «Ah… Ah…» se congela en un «Aaaaaah…» en forma de trino barroco. Por mucho que sea un *allegro prestissimo* Valaria enseriaría el semblante. No le gusta vender productos defectuosos. Se acerca a la jaula, la abre, mete la mano y le da a Espartaco un golpe seco en la nuca. De inmediato la quijada se le destraba y el «Aaaaaah…» da curso a un gemido casi tierno.

—Eres un chico muy listo –le dice al puma bebé.

Entran al edificio por el parqueo, tras el cual hay un jardín oval custodiado por otros edificios. En el centro brilla una alberca de aguas azules donde juegan niños, mujeres y algunos patos. Los hombres, muy escasos, beben cerveza en una parrillada vecina. El barman y el celador de turno son los únicos que no se bañan. El celador, un viejo de casi setenta años, permanece tumbado en una poltrona plástica extensible. Al ver a Valaria, se levanta y la invita a entrar en la alberca.

—Puedes llevar a la criatura, si te apetece —comenta.

Ella le da las gracias y le explica:

—Es que él —señala a Espartaco— le tiene miedo al agua.

—Puedo cuidártelo —se ofrece el celador.

—No se preocupe —dice la niña—. Ando en busca del señor Legumbre. ¿Usted lo ha visto? Es un policía muy reservado, un señor de esos que no se ríen, o que no saben reír.

Pero a ella no le hace falta decir nada más porque el agente, que ya ha notado la presencia de Valaria, se acerca a ellos desde la parrillada. Está vestido como un corredor de fondo y bebe cerveza en una jarra de cerámica.

—Muy rápido has venido —susurra.

Valaria se encoge de hombros.

—Necesito hablar con usted. Pero no quisiera interrumpir.

—Nada de eso —niega el agente—. Ven conmigo.

El celador inclina la cabeza, adelanta las manos para recibir la jarra de cerveza, y los ve alejarse hacia los ascensores.

El apartamento de Legumbre exhibe un costoso ornato y Valaria calcula que el salario del anfitrión le permite darse algunos lujos. En la sala tiene dos butacas, dos mecedoras y una gran mesa baja de cristal, con mil y tantas figurillas de difícil identificación. En las paredes —llenas de cuadros de gran formato— no escasean los candelabros antiguos ni las lámparas votivas, que arden, con mechas de aceite, bajo dos iconos pintados sobre madera. En el comedor crecen plantas prolijas, casi impertinentes, y de aspecto coqueto. A Valaria le parece que, en realidad, hay una sobrecarga enrarecedora.

—Me gusta su casa —miente.

—Aún tengo que librarme de un montón de trastos —dice el agente con un amplio gesto—. A mi ex-mujer le gustaba cubrir todos los espacios.

—Pero los cuadros parecen buenos —sugiere la niña, intentando imaginar a la ex-mujer del agente.

—Un Newman, un Rothko y un Richter. Copias, naturalmente. Excepto ellos, todo lo demás debería salir volando por la ventana ahora mismo —reconoce él—. En definitiva vivo más en la Central que aquí, y cuando estoy aquí, me refugio en el cuarto de trabajo.

—Tiene que buscarse compañía, señor Legumbre.

Pero él no dice una sola palabra ante esa problemática verdad. Mira a Valaria y piensa en la posibilidad de ofrecerle una taza de té, pero sacude una mano y dice:

—Ven conmigo.

Dejan la sala, atraviesan el comedor y entran por un pasillo estrecho, de paredes color cielo de Escocia, interrumpidas por tres puertas relucientes, pintadas de blanco. La última da al cuarto de trabajo de Legumbre, que más bien es un despacho amplísimo, bien iluminado, sin cuadros ni plantas, pero con un sofá angular de seis plazas, un armario —con un centenar de libros, una colección de películas y su música favorita— y una mesa cuajada de papeles. El ordenador es verde primavera. En un rincón descansa una flamante papelera eléctrica.

—Este es el mundo del agente Legumbre —confiesa de pronto mientras enciende el ordenador. Valaria pone la jaula en el piso y se sienta en el sofá.

—He venido porque hoy me confundieron con una prostituta, y hasta me vi obligada a entrar en una furgoneta apestosa, llena de mujeres horrendas —dice al borde de las lágrimas, sin preámbulos, al ver que Legumbre se acomoda detrás de la mesa. Él baja la cabeza, no sin antes echar un vistazo a la pantalla del ordenador.

—Me apena oír eso —dice y mira a Valaria.

—Si no es por su tarjeta, estaría presa, o detenida en cualquier sitio por ahí.

—Entonces fue buena la idea de darte mi tarjeta —resume Legumbre medio ausente, con la vista clavada en la pantalla—. ¿Me esperas un momento? Están entrando unos mensajes…

Busca un papel, anota algo y se levanta sin mirar a la niña.

—¿Quiere que me vaya? Puedo regresar a otra hora —propone ella sin moverse del sofá.

—De ninguna manera —concluye el agente—. Espérame aquí, no voy a tardarme.

A Valaria le extraña que no exista allí un teléfono, pero puede imaginar que Legumbre es un amante de la discreción total y que seguramente hace sus llamadas en otro lugar del apartamento. Entonces comprende que ha llegado el momento ideal para dar de comer a Espartaco. Se encuentra sola. Tiene intimidad total mientras Legumbre resuelve lo suyo.

Los tomacorrientes de donde se alimenta el ordenador están todos ocupados, pero hay uno libre junto a la papelera. Se acerca a ella con la jaula, la coloca al lado de la rampa de alimentación y la abre. En medio de innecesarios remilgos extrae al puma bebé. Empieza a hacerle cosquillas en la barriga, para disimular que busca la ranura de suministros —los pumas bebés son muy inteligentes y odian la desconexión—, y, cuando la encuentra, hala el cordón e intenta conectarlo. Pero Espartaco puede mostrarse inquieto a pesar de la falta de alimento, y apoya una de sus paticas en el botón de encendido de la papelera. El ruido de las cuchillas —girando a gran velocidad—, más el imprevisto regreso de Legumbre, crean una atmósfera de nerviosismo y confusión dentro de la cual nada parece lo que parece. La vibración de la máquina hace que Espartaco se deslice y caiga dentro de la rampa de alimentación. Valaria está como paralizada y no atina a hacer nada salvo mirar el rostro asombrado del detective.

La papelera empieza a sonar muy raro, y entonces ambos, que ya están asomados al interior del aparato, se dan cuenta de que el horror cunde: una sangre olorosa a limón se dispara y los embarra de arriba a abajo. Después saltan unas ruedites, un picadillo de cables, trozos de piel, una lengua húmeda y larga, dos bolas de vidrio –¡lindos ojos que tiene Espartaco!– y un raudal de huesos y circuitos, averiados por el furor de la máquina. Hasta ahí todo parece aceptable dentro del extraño accidente. Pero al final, flotando brevemente en el aire, Legumbre distingue una etiqueta que lo pone enfermo: Red Snake.

El agente mira con desilusión a Valaria.

–Si no me dices ahora mismo quién eres y de dónde sacaste esa mierda –dice con suma tranquilidad–, llamo a la Central y vas a pasarte unos días junto a las putas aquellas que tanto asco te dieron.

La panameñita se pone a lloriquear y va a sentarse. Pero Legumbre se lo impide.

–Sal de ahí, que vas a joderme el sofá –dice con rabia.

Ella queda de pie, los ojos puestos en el suelo.

–Me llamo Valaria Granados y nací en Isla del Rey, Panamá. Tengo doce años y once meses. Vine con mis padres a estudiar aquí. De eso hará un año. No tengo enfermedades contagiosas. Padezco, eso sí, de miopía, pero no me gusta usar lentes de ningún tipo. Vivo en la zona 46 de Alamar, en el Reservado Humboldt, área 5, edificio 11, apartamento 9. Hace tres semanas mis padres viajaron a San Miguel, en Isla del Rey, a poner en orden el asunto de unas propiedades. A veces voy a la Habana Vieja y consigo cosas para vender. Cuando usted me vio, ya hacía unos días que había descubierto a Espartaco, con jaula y todo, encima de un banco del parque que está frente a la Casa de los Muertos. Unos muchachos que jugaban allí, batiéndose con sables, lo dejaron olvidado. Al parecer no se dieron cuenta, pero en realidad no les importaba, como pude comprobar después. Porque nadie vino a reclamar nada. Ni siquiera ellos, que aparecían por allí justo al amanecer, día tras día… Y como en ese momento yo no tenía nada que pudiera vender, me apoderé de él —Valaria apunta, con un dedo, hacia los feos restos del puma bebé—, lo bauticé con un nombre bonito y me puse a dar vueltas, imaginando las cualidades que debería tener un animalito así. Lo demás usted lo sabe.

Non pare quello chi pare, recordaría mucho tiempo después el agente. Mira a Valaria, cuya ropa se ha ensuciado tanto como la suya —el short, las zapatillas y el pulóver manchados con el asqueroso gel hemosimulante de Espartaco—, y le dice, con cansancio:

—No sé por qué razón me siento inclinado a confiar en ti.

Entonces Valaria levanta la cabeza y posa sus ojos en los del agente:

—¿No sabe cuál es la razón?

Ella puede ser muy latosa.

—No —contesta Legumbre—. No tengo idea.

—Soy una inocente. Esa es la razón.

El agente sonríe con tristeza, como saboreando una especie de cosa amarga.

—Ya lo creo, Valaria. Pero dime, ¿de veras necesitas vender cosas como esa?

—Mis padres no me dejaron mucho dinero… y el que tengo ya se me está acabando. Tampoco me han enviado nada desde… hmm, ¡no recuerdo! Parece que las cosas no van bien, ¿eh? Siempre hemos sido muy pobres. Sólo ahora nos sorprendió el asunto ese de las propiedades. Es una herencia, ¿sabe? Un pariente. De mi madre. ¡Vivimos con lo estricto! Usted, si lo desea, puede comprobarlo. Yo no necesitaría más que llevarlo a mi casa para que vea lo que le digo. Creemos en Dios Todopoderoso, veneramos a la Santa Virgen y amamos a los muertos que llevaron vidas ejemplares. *Drive your cart and your plow / over the bones of the dead…* ¿Conoce esos versos? ¿No? Da igual. Son de William Blake. Ya le mostraré el libro de donde proceden. Y ahora, ¿me permitiría lavarme la cara y las manos? Después me iré, se lo prometo.

El detective vuelve a sonreír, pero esta vez lo hace con cierta emoción. No puede dejar de pensar en lo extraña que le resulta la niña.

—Ven, debes darte una ducha y cambiarte de ropa —gesticula un poco nervioso—. Todavía hay por ahí piezas de mi ex-mujer…

Valaria junta las manos. Mueve el pelo negrísimo:

—Señor Legumbre, nada me gustaría más que meterme bajo una ducha. Se lo agradezco.

—Pues vamos, apúrate —dice él sin mirarla—. A mí me toca después.

Sentado frente al ordenador, repasando algunos mensajes electrónicos harto extravagantes, el detective piensa y piensa y piensa mientras Valaria toma su ducha. «Chica muy rara», repite para sí. Desconocida total. Con bizarrerías hasta en la dicción. Y llena de turbadoras incongruencias. Y, aun así, él, hombre curtido, ¡le da entrada en su casa como si fuera lo más natural del mundo! Qué idiota. Pero ese proceder se origina en una digna ambición profesional: Valaria va a ayudarlo a resolver el «Caso Red Snake». Aunque su razonamiento muestra un defecto: la posible ayuda de la niña tiene que ver con la etiqueta de Espartaco —la misma que figura en los sables y en el taladro malevo con el que han asesinado a Roberto—, y él, Legumbre, *no ha conocido semejante detalle hasta después de hacer entrar a la niña en el apartamento.*

«Estás a punto de joderte, Legumbre», escucha dentro de su cabeza, un segundo antes de recordar los ojos verdosos y la tez crepuscular y casi ambarina de la panameñita. Se mira el antebrazo donde ha probado el filo de uno de los sables. «Un juguete demasiado costoso para ser abandonado por ahí», le habla de nuevo la voz. Recuerda el olor a limón del gel hemosimulante. «¿Epitaxia?», dice la voz. Le preguntaría a ella. Pero, ¿Valaria sabría en verdad responderle?

En el ordenador vuelve a dibujarse el flash de los avisos.

Más mensajes estúpidos.

La niña regresa al despacho del agente. Trae puesto un sencillo vestido anaranjado con encajes blancos en el cuello y las mangas. Está descalza. El pelo húmedo le barre los hombros.

—¿Tienes idea de la procedencia de esa cosa? —le pregunta Legumbre.

—¿Espartaco? Chino o japonés, ¿no? Los chinos y los japoneses son los únicos que hacen esas finuras.

Legumbre se aclara la garganta.

—Con chips y una biomecánica enmarañada —duda—. Pero enmarañada hasta la perfección.

La niña se acerca al buró:

—¿Va a tomar su ducha ahora, señor Legumbre? —susurra complacida—. En lo que usted toma su ducha, voy a limpiar este desastre.

«Quiere borrar evidencias», le dice la voz a Legumbre. Pero Valaria deja escapar un sollozo al inclinarse sobre los restos pringosos de Espartaco.

—Pobrecito —exclama.

—Una máquina, eso es todo —resume Legumbre.

Se vuelve hacia él, observándolo desde el suelo:

—Pero estaba viva —dice.

—En fin —se apena él—. Parecía muy viva, es cierto.

—Si me trae una escoba y un recogedor, pongo en orden todo ahora mismo.

«No le traigas nada a la pequeña bruja… No seas cretino y dile que se marche», escucha el detective.

Pero la pequeña bruja se ha sentado en el suelo. El vestido de la ex de Legumbre le queda tan amplio que se le abre solo.

—Qué cansancio —confiesa de pronto.

«Allá tú, Legumbre… Pero no seas estúpido por partida doble. Si no vas a echarla a la calle, cárgala como Willem Dafoe cargó a Madonna, ponla en tu cama y dale el tratamiento que merece», murmura jugosamente la voz.

El agente sonríe para sí, quiere apartar de su mente un pensamiento loco. *HBO-TransEuropa* había pasado la película de Madonna dos semanas atrás, incluidas las secuencias que habían quedado fuera del metraje comercial. En una de ellas Dafoe cargaba a Madonna desnuda, colmada de brochazos de una pintura fosforescente, y la depositaba sobre el capó de un Oldsmobile museable, rodeado de velas encendidas.

Un hilo de cera baja por la espalda de Legumbre antes de que se acerque a la niña con intenciones inequívocas. Pero como ella es una pequeña bruja, le dice al agente en un irrepetible tono de gula lunar:

–Tome su ducha primero, señor.

Y Legumbre se ducha.

Con rapidez y nerviosismo.

Pero cuidadosamente.

«Placentera y siniestra fullería», opina la voz cuando el detective se presenta en el despacho, metido dentro de un albornoz egipcíaco.

–Voy a hacerte una sola pregunta –le advierte a Valaria, que continúa mirando, lela, los restos de Espartaco–. ¿Cuántos años tienes en verdad?

–Doce años, tres meses, dieciséis días y unas horas –contesta sin apartar la vista del grasiento reguero. El olor a limón es ahora más enérgico.

Legumbre suelta un suspiro:

–Pareces mayor.

–Lo sé.

Se acerca a ella y adelanta los brazos.

–Ven aquí, ¡upa!

Y entonces Valaria trepa por el cuerpo del hombre hasta que lo ciñe con las piernas. El cuello de él está tenso por el esfuerzo, ¡pero ella se siente tan a gusto! Legumbre abandona el despacho con su carga, sale al corredor y empuja la puerta del dormitorio. Valaria se deja caer bocabajo, encima de una cama monacal algo estrecha, y el vestido se le encarama. Legumbre admira la tanga malva que en vano intenta proteger las nalgas endurecidas.

La excitación del hombre es una evidencia que ni siquiera el albornoz puede disimular. Se mete en el baño con el firme propósito de colgarlo y que, de ese modo, acabe de secarse, pero en realidad lo que el agente quiere hacer es darse unos pocos segundos de tiempo, a solas consigo mismo, antes de enfrentarse a aquel elastificado cuerpecito en el que hay unas hebras de material indogermánico. Cuando regresa al cuarto, nota que Valaria lo aguarda desnuda, haciendo con el hilo dental un emputecido molinete.

Se acerca al sexo de la niña.

—¡Pero si hueles a flujos! —arruga encantado la nariz.

—Normal... normal... normal —dice ella como si estuviera solfeando el final de una melodía.

Y se dejan ir a las cremosidades.

Unas horas después, cuando todo terminaba, Legumbre tuvo la seguridad de que había tenido comercio carnal con una niña que escondía a una mujer que escondía a una niña. En esta tontada sicológica se hallaba inmerso cuando Valaria se incorporó y se puso el vestido de la ex.

—¿No vas a ducharte otra vez? —le pregunta él, pensando en la abundancia y la densidad de los fluidos sobre la piel.

—Me gusta así —dice la niña.

—Muy natural —observa Legumbre, que ya vuelve a tener ganas.

—Necesito irme ahora —anuncia ella desde una carita transida.

Afuera los edificios son golpeados por el sol inclemente de la media tarde. La panameñita atraviesa los alrededores de la piscina, donde algunos niños gritan cosas en puerlingua, y se dirige al parqueo. Desanda callejuelas torcidas, espacios de vegetación artificiosa, atajos aéreos con pasamanería de metal bruñido, y llega de nuevo al parque de marras, frente a la Casa de los Muertos. Uno de los chicos esgrimistas deambula entre los bancos, aburrido. Sin embargo, no pertenece al grupo de los que ella conoce.

—El Viento del Oeste ya está levantándose —le dice Valaria.

El chico la mira como quien descubre, en un instante, la solución de todos sus problemas.

—El Viento del Oeste entra en la Pirámide y mueve la Luna… Hay carne al pincho en El Sitio.

—¿De veras? No incordies, pichilín… No estoy para bromas. Además, no conozco esos lugares donde se meten ustedes… ni me interesa conocerlos.

—Por favor, no me digas pichilín. Te lo advierto.

Qué rostro el del esgrimista.

—Todos ustedes son unos pichilines.

—¡Te muestro mi pichilina, a ver qué crees después de verla! —grita el chico mientras retrocede.

—Nunca te atrevas a hacer eso —afirma Valaria con la boca apretada y cruel—. Te daría un castigo tan grande que morirías después de recibirlo.

—Bueno —recapacita el chico, proyectando su pelvis unos centímetros—. Esperaré pacientemente que me pidas que te la enseñe.

—Si me llevas a El Sitio, puede que lo haga —prometió ella—. Visito el lugar, me invitas a comer un poco de carne al pincho, trato el asunto que necesito tratar, me enseñas la pichilina, a ver si cambio de idea sobre ella, y por último…

—*We have a deal, baby* —arcaiza el chico.

—Eso creo.

—Entonces, ¿nos vamos?

El Sitio había sido un garaje corporativo subterráneo, como de un kilómetro cuadrado. Ahora tenía fama de ser una construcción laberíntica dentro de la cual nadie se aventuraba sin un guía con créditos. Justo en su centro, pero desplazada hacia la parte trasera, se hallaba la gran Sala Capitular con sus dependencias. El chico conduce a Valaria por el vericueto y, cuando llegan ante los custodios, presenta una medallita que pende de un hilo de pescar. Entran, escogen un recinto de distracciones y se acomodan.

—¿Y bien? —dice Valaria abriendo mucho los ojos.

—Espérame aquí —le propone el chico—. Voy por la carne.

Mientras espera la comida, Valaria inspecciona a los habituales con vago interés. No hablan. No ponen música. Sólo mastican y tragan. El Sitio es definitivamente un emplazamiento aburrido. Cuando el chico se presenta con los pinchos cargados de masas humeantes, ella declara su tedio. Pero él no quiere escucharla.

—Pruébala y dime —le propone a la niña.

Ella empieza a comer y comprueba que la carne es de buena calidad.

Se lo dice.

—Los suministros son de lo mejor —afirma él orgulloso.

—¿Y no han tenido problemas con la desaparición de los restos? —se interesa Valaria.

—Jamás —vuelve él a expresar su orgullo—. Nuestro crematorio no necesita de chimeneas. Trabaja con limpieza total. La sublimación es perfecta.

—Qué eficacia —evalúa ella.

Terminan el tardío y rotundo almuerzo y él le recuerda a Valaria su promesa. Ella se esfuerza en demostrar cordialidad:

—Primero llévame a donde pueda descargar unos clips y hacer una grabación editada.

El chico la conduce a un cubículo pintado de azul en el que trabajan tres damas oficiosas. A una seña de él, abandonan sus puestos y los dejan solos.

—Es todo tuyo, hermanita —silabea—. Te espero afuera.

Sin reparar en el incómodo apelativo, ya que él es un pequeñín sin importancia, Valaria se acomoda delante de uno de los ordenadores, hurga en el vestido de la ex de Legumbre, extrae un cuarzo de recepción y lo inserta en el ordenador. Descarga el contenido, desconecta la lente y la coloca en el borde de la mesa. Entonces se palpa con cuidado el ojo derecho, presiona alrededor de los párpados y el ojo salta sobre la palma de la mano. Es una bola esmeraldina que empieza de inmediato a secarse.

En ese momento el chico empuja la puerta del cubículo y se acerca a Valaria. Mira con avidez la lente que descansa encima de la madera.

—¡Pero si tienes un receptor superdenso! —suelta—. ¿Me dejas verlo?

Ella asiente.

El chico lee en voz alta unas microscópicas palabras troqueladas: *Under Strict Surveillance*. Sonríe satisfecho y devuelve el cuarzo a su lugar.

—Puedes quedarte si prometes no hacerme preguntas —susurra Valaria.

—No, gracias —niega, todavía sonriendo—. Haz lo tuyo. Yo voy a merendar.

La niña lo mira, asombrada de su voracidad, e inserta el ojo donde mismo había insertado el lente. Espera. Terminada la segunda descarga, retira el ojo, lo incrusta en la órbita, parpadea para comprobar que funciona correctamente y busca un disco. En él graba todo el material, mezclando las secuencias e integrándolas en una caprichosa continuidad.

El chico baila sentado, junto a un ruidoso aparato de música, mientras consume su segundo pincho de carne. Valaria se acerca y le quita el pincho de las manos:

—La Virgen de la Pirámide se ofrece como testigo —murmura.

Él se da cuenta de que ella va a complacerlo y detiene la música. El asombro lo obliga a paralizarse y enseñar los dientes.

—Mira mi pichilina —dice tras recuperarse de la sorpresa y abrirse la pantaloneta.

Endurecido por la expectativa de una contemplación sin riesgos, el pene del chico balancea inquieto su pesantez.

—Sorprendente —dictamina Valaria sin abandonar la observación de la pichilina que cimbrea con obvio poder—. ¿No me invitas a probarla?

El chico abre los ojos. Está a punto de convertirse en un privilegiado.

—Hoy es mi día —musita antes de cerrar los ojos.

El pene, un *uncut dick*, entra en la boca de Valaria hasta la raíz y la lengua empieza a moverse con singular parsimonia alrededor de los testículos, pero dibujando también, a lo largo del tronco y la cabeza, un diagrama cuyos efectos obligan al chico a respirar aceleradamente. El diagrama demora 23 segundos en completarse. La lengua de Valaria lo repite con exactitud exasperante una y otra vez, sin cometer un solo error.

—Si sigues haciéndome eso —le advierte el esgrimista a la niña— voy a surtilaquear como un mandril.

—Haz lo que quieras —dice ella.

En sincronía con ese jacobino *laissez-faire*, la emisión del chico colma la boca de Valaria. Como es una emisión harto placentera y abundante, al chico se le corta el aliento y la niña tiene que escupir una parte que, en cuajarones, resbala por el pene hasta humedecer las peludísimas bolas. Sin embargo, justo después de que esto sucede, Valaria cierra la boca con mucha fuerza.

El chico toma aire.

La niña aprieta los dientes.

El chico grita.

Gime.

Ella muerde con precisión.

El chico pierde contacto con la realidad antes de que Valaria termine de cercenarle la pichilina. Como se trata de un desmayo misericordioso, pero de todas maneras transitorio, la niña guarda el órgano en una bolsa de nylon y sale de El Sitio a toda velocidad, mientras un charco oscuro se expande a los pies del capón.

Ya está la panameñita Valaria camino a su morada. Ya la vemos allí, riesgosa, letal y en clausura, enjuagándose la boca y escupiendo un hilo de piel, un trozo de vena, unos coágulos del tamaño de moscas, unos vellos que antes se le habían enredado en una muela vecina de la glotis. Ya se deja observar, trabajando en el falo del chico, limpiándolo, cosiéndolo, inyectándole sustancias vivas e infinitesimales, y haciéndole cortaduras largas para instalar, bien adentro, un esqueleto de plástica suavidad. Quiere tener un ajolote doméstico y, sin duda, va a lograrlo.

Cuando el pene-ajolote está listo, con ojillos del color de la masa del aguacate y hasta con unas elementales paticas, Valaria busca una jaula apropiada, de las muchas que tiene, y lo pone dentro. Le da un golpecito en el aro del prepucio y espera la reacción. El pene ajolote emite un sonido como de engranajes que se ajustan en un reloj. Alza la testa, sacude el cuerpo y se infla un poco.

—Eres un primor, queridito —canturrea la niña.

El animal abrillanta los ojos. Una oleada de gel hemosimulante corre por debajo de su fina piel y Valaria aplaude ante el surgimiento de surcos azul turquí:

—¡Pero si eres una sabandijita tornadiza!

Ella ignora que, para avisar de un peligro inminente, las turquesas cambian de color.

Se lleva las manos al pecho devotamente y cierra la jaula. La levanta y comprueba con alegría que pesa muchísimo menos que la del puma bebé. Busca ropa limpia, se quita el astroso vestido de la ex de Legumbre y sale, empuñando su nueva mascota, en busca de un mensajero adecuado. En esta ocasión la niña luce un juego de pantalón y marinera del color de las semillas de la papaya. Cuando llega a las inmediaciones de la Casa de los Muertos y observa el parque, ve que todo está extrañamente desierto. Es incapaz de apartar de su mente los húmedos arrumacos de Flor de Cactus, en quien ha notado un eficaz desapego del mundo. No obstante el corto tiempo que se han dedicado la una a la otra, Valaria sabe que Flor de Cactus es una ninfa bien aceitada y ese detalle le parece maravilloso.

Sube la escalera de la funeraria, resuelta a emplear los servicios de Flor de Cactus, y nota que el cuarto donde ha sido velado el cadáver de Roberto se encuentra limpio, oscuro y vacío. Pregunta y le informan que ya el cortejo fúnebre está en camino, rumbo al cementerio nuevo.

Con prisa, pero en calma, se allega la niña al malecón y por allí acierta a pasar un bicitaxi. Le hace indicaciones al melifluo chofer, arregla el precio con él y emprenden la marcha sin apartarse de la línea del mar, salpicados recurrentemente por la espuma que brinca. Y en unos minutos tiene ante sí Valaria la enorme fachada de vidrio azul y hierros esbeltos. Alcanza a ver la solitaria punta del cortejo, que se pierde en el interior del cementerio.

Le paga al chofer, toma la jaula y se encamina hacia donde le parece ver la deseable figura de Flor de Cactus. La jaula relumbra como el oro y el animal entrecierra los ojos a causa del resplandor.

La ninfa aceitada camina, no sin cierto atolondramiento, junto a Gata de Angora. Esta usa gafas negras y ha envuelto su cabeza en un fino pañuelo blanco. A Valaria le parece convincente, en Gata de Angora, aquella mixtura del blanco del pañuelo con el negro de las gafas y el rojo cinabrio de la boca. Se acerca a Flor de Cactus, le toca el codo izquierdo con suavidad y cautela, y detiene su paso en espera de una reacción. La ninfa nota la caricia y se vuelve sin dejar de avanzar por la calle. Al ver a Valaria, se le eriza la piel y sonríe con codicia. Pero de inmediato se lleva un dedo a la boca, indicándole a la niña que haga silencio. Entonces se para en seco y comprueba que la otra no mira hacia atrás.

—Qué bonita te has puesto —exclama al ver la combinación que Valaria luce.

—Gracias —dice la niña—. Vine porque necesito que me hagas un favor bien grande…

Pero Flor de Cactus apenas la escucha. Se ha fijado en la nueva mascota y la mira hipnotizada.

—Esta alimaña me gusta más que la otra. ¿Cómo era que se llamaba? ¿Espartaco? *Spartacus*... ¿Y cómo le pusiste a éste? Déjame adivinar...

Valaria la ataja:

—Se llama Scardanelli. Es sabio...

—Lindo nombre —concede Flor de Cactus—. Pero chica, qué romántica eres. O románica...

—Quizás —repone la niña, envanecida por su propia inventiva—. Pero soy panameña, ¿sabes? Y de ascendencia alemana.

Flor de Cactus, que no repara en esa explicación, ve cómo el cortejo fúnebre va bordeando el Sagrario del Cuerpo Incorruptible. Y le dice a Valaria:

—Tengo que regresar, linda... Pero ¿no ibas a pedirme un favor?

—Claro que voy a pedírtelo —la niña alza las cejas—. ¿Conoces a un poli apellidado Legumbre? Tienes que haberlo visto hace unas horas en la funeraria. Tipo reflexivo, de treinta y tantos años, vestido con mucha formalidad...

—Sé quién es —declara Flor de Cactus, recordando al chocolatero astuto y ridículo.

Valaria sonríe, con cara de triunfo:

—Perfecto... Toma —le da a la otra la tarjeta del detective—, aquí están sus señas. Necesito que le lleves esto. De mi parte. Le dices que Valaria le manda este mensaje y un regalo.

Un disco brilla en la mano de la niña, junto a un papel doblado. Flor de Cactus ensaya un ademán de contrariedad y extrañeza, pero no hace ninguna pregunta.

—Debes darle estas cosas entre hoy y mañana —agrega Valaria—. Yo te buscaré después, en algún momento, para que me digas cómo te fue.

—Descuida —susurra, melosa, Flor de Cactus—. Me encantará verte de nuevo.

—No vas a arrepentirte —promete Valaria cuando la otra se marcha.

—Seguro —exclama sordamente Flor de Cactus y la boca se le llena de saliva.

Bajo uno de los dorados cocoteros que rodean la piscina comunitaria, y en actitud de vagarosa preocupación, el agente Legumbre bebe una cerveza. El sol empieza a ocultarse. Su descendimiento ocurre entre nubes rosadas y una distante amenaza de llovizna. Algunos niños todavía agitan el agua azul, resistiéndose así a salir de ella.

La mitad de la cerveza se le ha entibiado al agente, y vuelve la cabeza en busca del barman que atiende la parrillada. Como este no aparece y casi es la hora del cierre, Legumbre vierte en la tierra exigua del cocotero lo que le queda en la jarra y se levanta con intenciones de pagar la cuenta e irse a contestar sus mensajes nuevos. Sin embargo el barman, hombre sinuoso, se presenta ante él inesperadamente, como otras veces. Legumbre lo mira y entrecierra los ojos. Está a punto de preguntarle en qué consiste el secreto de invisibilizarse y reaparecer sin transiciones. Pero sólo le da unas monedas y le dice adiós.

Cuando ya ha hecho la mitad del recorrido, antes de alcanzar los ascensores, ve el detective a una mujer que le parece conocida. Ella lo observa con insistencia y en el rostro va aparejando una sonrisa de saludo. Él se detiene, consciente de que puede tratarse de un error de cálculo, pero ella sigue observándolo y entonces ya no tiene dudas.

—¿El señor Legumbre? —pregunta la chica.

—Yo soy —contesta él.

—Vengo de parte de Valaria.

Al agente lo cautivan las ancas de la emisaria: huesudas y corvas de modo abrupto. Pero ve la mano extendida, con el disco y el papel doblado, y empieza a desconfiar.

—Le manda esto —añade ella.

Legumbre mueve los hombros hacia atrás. Quiere preguntarle a la emisaria: «¿Y por qué no vino ella personalmente?» Pero Flor de

Cactus cierra el semblante, lo obstruye y alarga aún más la mano, sin adelantar el cuerpo.

—¡Tome! —le ordena al detective. Está a punto de decir una de sus frases.

Legumbre se apodera con lentitud del disco y el papel y queda mirándolos sin comprender. Desdobla lo que parecía una nota y lee:

MAÑANA, A LAS 10:00 AM, ENCUÉNTREME EN THE TOFFEE APPLE. TENEMOS QUE HABLAR.

Y, a continuación, ve Legumbre una firma cuya adultez le parece muy significativa. Ha hecho estudios de grafología y tanto la letra del mensaje, como la firma de Valaria, invitan a la extracción de conclusiones inquietantes. Pero él recuerda el cuerpo agradecible de la niña, entregándose a sucesivos y escabrosos arrebatos —ella se quejaba, pero él seguía y seguía con sus variados homenajes al *Homo Pistonicus*—, y sonríe, desechando por el momento los asaltos de la sospecha.

Mira los ojos sinceros de Flor de Cactus y nota en ellos una especie de virtuosa acritud:

—Dile que allí estaré.

—No se preocupe, yo se lo digo —afirma la chica balanceando gravemente la cabeza.

Con una apacible erección hija del recuerdo, sube Legumbre a su piso. Examina de soslayo su Rothko sanguinario, grumoso de anaranjados y escarlatas, y, sin preámbulos, entra en el cuarto de trabajo. Nervioso, enciende el ordenador. Se apoltrona con tensa molicie en su sillón e inserta el disco. Cuando el reproductor muestra las primeras imágenes de la película, el suelo empieza a rajarse bajo sus pies.

II.

Rojo de sangre

Mal que bien, todo el mundo sabe que visitar *The Toffee Apple* sin advertencias de ninguna índole, significa reparar en la curaduría del color con un asombro por lo general escandaloso. La curaduría había sido una faena colosal cuyos orígenes se encontraban en un conocimiento muy hondo y muy pop de la decoración, sin descontar el gusto especialmente díscolo por los tonos apastelados. *The Toffee Apple* era una repostería célebre gracias al ilusionismo combinatorio de los pigmentos. Legumbre entraba en ella por primera vez. No le agradó.

Eran apenas las 9:30 y ya se sentía mareado. Pidió, bajo el zarandeo de los efectos visuales y la gracia empalagosa de la música, un café turco con panetela frutada. Cuando le trajeron el pedido, notó que en aquel lugar había un montón de chiquillos silenciosos, acompañados por cuatro o cinco damas de aspecto triste y vampírico. Todos sin excepción —ellos y ellas— consumían helados de chocolate y bizcochos de jengibre.

La panetela estaba a la altura de los elogios que decían por ahí, pero el café turco se había arruinado por el exceso de extracto de coñac. Sin embargo, la depresión moral de Legumbre era tan grande que no se dio cuenta de nada. Bebió el café hasta la última gota, mecánicamente.

Estaba asustado.

(Más bien aterrorizado.)

Porque no todos los días te convierten, *sin que lo sepas*, en el protagonista de tus intercambios.

Y nada menos que con una niña de doce años.

Bueno… Una hechicerita jadeante y resbaladiza.

Sintió que un buche de café reptaba por su esófago y se le aposentaba, podrido, en la garganta. Respiró profundamente y pidió un vaso de agua. *El agua es uno de los objetos más bellos que existen.*

¿Dónde había leído eso? ¿O lo habría escuchado?

Entre las personas que conocía, ninguna era capaz de forjar semejante meditación.

Maldita película.

Y maldita ella, Valaria.

No podía imaginar cómo se las había arreglado para filmarlo todo. Hasta los detalles más bravíos y cerriles. *Homo Pistonicus per angostam viam.* (Ese pormenor. Justo ese.) El culito de Valaria tragándose su verga centímetro a centímetro.

Legumbre pensó en Dios. ¡Y eso que no creía en Dios! De vez en vez lo invocaba, pero sus ruegos no pasaban de ser meras frases adornadas por la tentación de lo ignoto.

Era un oportunista de Dios.

Aunque le gustaba la idea de la existencia del Espíritu Santo.

¿Qué podía hacer?

Nada.

Salvo esperar.

A lo mejor la niña quería prolongar, de un modo puerilmente siniestro, aquellos intercambios. Tan sólo eso. Conferirles el don de la elasticidad, de la persistencia, y transformarlos en la posible nostalgia del futuro. Un complicado espejo para Narciso, por así decir. Pero él no estaba a tono con las evanescencias mitológicas. Se sentía en poder de Valaria. Y aunque la intención de la niña no fuera la de sojuzgar su cuerpo y su alma, ella ya estaba sojuzgando, ¡esclavizando!, su cuerpo, su alma y, además, sus pensamientos, sus actos y sus sueños.

Su vida entera.

Y algo más.

Porque siempre habría más.

Vio que ella entraba en el local, echaba un vistazo en derredor y caminaba hacia él balanceando su jaula.

—Buenos días —dijo.

—He sido puntual —observó el detective.

—Le agradezco eso. La puntualidad es algo que casi siempre echo de menos.

Legumbre se impacientó.

—Dime qué quieres de mí —demandó en voz muy baja, soportando otra vez el ácido del buche de café.

—Espere —le pidió ella.

Y se cubrió la cara con las manos. Con este gesto, que en apariencia significaba cansancio o pena, la niña disimulaba un molesto dolor en el ojo derecho. Legumbre no podía conjeturar la presencia de ese dolor. Mucho menos su causa. Sin embargo, sí notó cierta irregularidad en el posicionamiento del ojo dentro de la cuenca.

—Te han golpeado, ¿no es así? —dijo con inocencia y desdén.

Valaria se destapó la cara.

—No, no me han golpeado.

—Eso te pasa por andar chantajeando a la gente como si tal cosa.

—Nadie me ha golpeado —repitió ella.

—Pero tienes algo ahí, en ese ojo —se extrañó Legumbre y extendió una mano en busca de comprobación.

—Quite —se defendió Valaria, echándose hacia atrás—. Ni se le ocurra.

Estaba como engrifada. Escamas metálicas que, en el cuerpo del dragón, se pronto se erguían recalentadas por el miedo o la cólera. Se veía bella a su aire. Los dos ojos movilizaban con brillantez el apacible tono esmeraldino del principio. El detective volvió a observarla con curiosidad. Se sacó el disco de un bolsillo y, con él en la mano, le preguntó:

—¿Por qué me has hecho esto?

—Porque necesito su silencio.

—¿Mi silencio? ¿Qué silencio?

—Su silencio futuro. Simplemente me he adelantado a lo que va a ocurrir —le explicó la niña.

—Si te refieres a lo de ayer —torció los labios—, puedes tener la seguridad…

—No, no me refiero a lo de ayer. Usted estuvo estupendo. ¡Maravilloso! Y lo haría de nuevo, se lo aseguro. Usted podría hacerme suya hasta el fin de los tiempos, hasta que el planeta muera… ¡Hasta que la Tierra desaparezca, evaporada por la nube de fuego que avanza desde las Pléyades! ¿Sabía eso? Todavía faltan 14 años para que la nube llegue… Y va a llegar, créame. Pero puede suceder algo como esto —levantó la jaula del suelo y le mostró el ajolote a Legumbre—, y yo no me lo perdonaría nunca. Nunca nunca nunca. Aun así, cuando le hablo a usted del silencio…

El agente no la dejó continuar.

—Explícate mejor. No entiendo una palabra de lo que dices.

Valaria devolvió la jaula al suelo sin apartar la vista de Legumbre.

—O usted es un poco burro, o está fingiendo para ganar tiempo —exclamó.

Dos niños que parecían hermanos se acercaron a mirar el ajolote. Uno de ellos, emprendedor, acercó una mano a los delicados y relucientes barrotes.

—No pongas los dedos ahí —intervino Valaria—. Hasta ahora no ha mordido a nadie, pero no dudo que lo haga. Está hambriento.

—¿Puedo darle algo de comer? —preguntó el niño emprendedor.

—¿Bizcochos y helado? —se burló ella—. Hmm… No creo que le gusten. Scardanelli preferiría una chuleta, un bife. Carne roja cruda.

Legumbre seguía el diálogo con detenimiento.

—¿A qué te referías cuando me mostraste eso? —apuntó hacia el ajolote.

—Olvídelo —negó Valaria, cerrando los ojos un instante—. Es una historia de sangre ocurrida en El Sitio. Un crimen atroz. Tengo entendido que ustedes jamás se aventuran a visitarlo. Todos los policías son unos miedosos… sin excepción.

—Qué mujercita más extraña eres —dijo el detective, herido en su amor propio—. ¿Así que el nuevo monstruo se llama Scardanelli?

Valaria volvió a taparse la cara con las manos. El dolor había aumentado. En ese momento no le importaba que él hubiera dicho que Scardanelli era un monstruo.

—Escúcheme, tengo apuro —demandó—. Dentro de poco, si no ha sucedido ya, usted estará metiendo la nariz en un asunto llamado Red Snake. Y yo voy a impedírselo porque eso —señaló el disco— es algo que no debería andar circulando por ahí, ¿no es cierto?

A Legumbre se le hizo un nudo en la garganta y una parte del malvado buche de café le remojó la base de la lengua. Sintió un asco infinito.

—Así que tienes que ver con ese lío —susurró.

—No, *no-tengo-que-ver…* Yo soy el lío —confesó Valaria.

El agente pensó en el disco, en la película:

—Llevas las de ganar y tienes razón —dijo moviendo el disco y buscando el tornasol de sus reflejos—. Esto no debe andar circulando por ahí.

—Entonces nos entendemos —dijo Valaria.

—Claro que nos entendemos, niña —ironizó él, al tiempo que recordaba una película pornográfica de las antiguas, filmada en secreto por Leni Riefenstahl en Treblinka II, en 1943, y donde un oficial nazi le decía a un subordinado, después de tener sexo con una exuberante prisionera judía: «Gaséela ahora mismo». La judía alimentaba filantrópica el mito de la vulva maciza, bien pilosa y altamente delimitada, y además era una de esas cautivas de ojos color café, caderas angulosas, tetas redondeadas y pezones oscuros y sobresalientes.

—Hemos avanzado mucho hoy —observó Valaria—. A diferencia de Roberto, usted sabe comportarse.

Legumbre la miró sorprendido, pero como quien se enfurece por no haber dado con una solución *tan* sencilla.

—Entonces fuiste tú...

—Tome esto —la niña le alcanzó otro disco—. Para que vea la confianza que usted me inspira. Aquí está la totalidad del proceso. Él era muy tozudo y soltaba palabrotas... No soporto las palabrotas, ¿sabe? Decir palabrotas es un defecto inaceptable. Incluso le había dado a Roberto la oportunidad de involucrarse en el negocio, pero no nos entendimos. Antes de que se me olvide: *yo soy quien maneja el taladro.*

El agente, con el vómito acechando gracias a una endemoniada peristalsis, no alcanzaba a formarse una idea del asunto. Divagó un poco:

—Un taladro Red Snake, unos sables Red Snake, una mascota Red Snake —enumeró sin convicción—. ¿A qué te dedicas, por fin?

—Todavía no puedo decírselo, señor Legumbre —declaró con la misma vocecita que había empleado durante los jugosos intercambios—. Por cierto, no tengo que recomendarle que no divulgue el contenido del disco que acabo de darle. Recuerde: uso personal.

—Espérate —le pidió él, al ver que se levantaba con intenciones de marcharse—. ¿Puedo estar seguro de que no harás nada con la película?

Legumbre iba a decir «nuestra película», pero semejante frase no salía de su boca. O, al menos, no iba a salir sin antes precipitarlo a una risotada grandiosa y enfermiza. Valaria recogió la jaula y enfrentó al agente con una mirada repentinamente dura:

—Algo haré —aseguró.

—¿Qué cosa? —preguntó él.

Ella se inclinó hasta tocar con los labios la oreja izquierda del detective.

—Mas-tur-bar-me —susurró una a una las sílabas.

Vio que la niña se alejaba con su jaula y comprendió que la existencia se le había convertido en algo muy feo. Abatido, con el vómito detrás de la glotis, bebió otro vaso de agua y buscó el servicio sanitario. El olor a rosas del ambientador le golpeó la nariz. Odiaba aquellas dulzuras. Empujó una de las portezuelas, se aflojó el cinturón y se dobló sobre sí mismo. Al cerrar los ojos ante el agua cristalina de la taza y percibir, como en una especie de lejanía, el tránsito de una gota de sudor por su espalda, notó que la náusea cedía y que la oscura trabazón de su estómago iba deshaciéndose. «Manda para la pinga a esa cabroncita y después métele cuatro balazos en la cabeza, para que aprenda», oyó que le decía la voz en un tono familiar y del que se ausentaba la angustia.

Pero esa no era una solución a su alcance ni a su altura. En quince años de servicio jamás había necesitado dispararle a nadie. En realidad, los únicos disparos que recordaba haber hecho eran los del entrenamiento anual reglamentario. Para colmo, su puntería no pasaba de la media.

«Vamos, vomita», dijo la voz con serena inflexión. A la voz le preocupaba su estado de salud. «Pero no vayas a dañarte la garganta con el esfuerzo», le advirtió.

El detective se irguió y contempló la distorsión de su reflejo en la mayólica ocre. Recompuso su aspecto con un poco de agua en la cara. Respiró con más comodidad que antes. «Levanta ese ánimo, que la putica no te quite el sueño», propuso la voz. Pero él volvía a pensar en la película, en sus detalles y hasta en Leni Riefenstahl.

Entonces emprendió el regreso a su apartamento.

El camino se le hizo pesado y más largo que de costumbre.

Ni siquiera saludó a los vecinos que pespunteaban, con los niños, la piscina comunitaria.

El barman ubicuo le dedicó una mirada mortecina. El celador movió los labios como si estuviese diciéndole alguna cosa.

Pero Legumbre no oía.

Aunque en realidad le daba lo mismo oír que no oír.

En el ascensor la voz se dejó escuchar otra vez. «¿Has pensado en un primer retiro parcial forzoso? Puedes acogerte a un año de retiro parcial forzoso. En la Central lo saben. Y es fácil hacerlo», le explicó. La voz era una entidad coronada por una ondulante perspicacia. «¿Y dónde guardo todo lo que sé sobre Red Snake?», pensó Legumbre. «En un año lo habrán solucionado todo y no tendrías que mover ni un dedo», contestó ella. «Pero mi nombre saldrá en la investigación, seguramente», objetó él. «No seas marica, además de tonto... Coges un avión y te vas a Cachemira, o El Cairo. ¿No querías irte a El Cairo? Mil veces has pensado en El Cairo. ¡Esta es tu oportunidad!», vibró la voz. «El Cairo», pensó Legumbre. «Ciudad agraciada y voluptuosa... De paso me llevas contigo y sacio mis dos hambres: la pirámide de Keops y el barrio de Ada-Bama-N», dijo la voz. «Qué lista... Sabes mucho. ¿Y qué barrio es ese?», preguntó el agente. «No te hagas el bobo», oyó. «Dime qué barrio es ese... Te conozco bien y eres capaz de todo», sostuvo él con amargura. «¿De verdad no sabes qué hay en ese barrio? A ver, pronuncia conmigo: Ada-Bama-N... Ada-Bama-N... Ada-Bama-N... ¿Todavía no? Hmm... Ese es tu problema, fingir siempre. Ya te dije que el exceso de inhibiciones mata el espíritu y libera lo peor de la imaginación», protestó la voz dogmáticamente. Sin embargo, Legumbre ya recordaba. Ada-Bama-N, en El Cairo, era un barrio de putas donde había un sector dominado por los hermafroditas.

Cuando cerró la puerta un cansancio enorme barrió lo que quedaba de sus náuseas. Sentía como si lo hubieran arrojado al fondo de un pozo. Se sirvió medio vaso de whisky con hielo y entró en el baño sin quitarse la ropa ni los zapatos. Dejó caer el cuerpo suavemente dentro de la sobria bañera, y se recostó un poco en el borde, hasta calmarse. Reguló la temperatura y abrió las llaves. Bebió poco a poco el whisky mientras el agua tibia lo inundaba, empapándole la ropa y arruinándole los zapatos. Su única preocupación, antes de quedarse dormido, consistía en saber si el sector de los hermafroditas se encontraba al norte o al sur de Ada-Bama-N.

Tras un sueño breve y particularmente tranquilo, Legumbre despertó bastante despejado y comprendió que tenía dos tareas por delante: vestirse con sobriedad y corrección, e ir a la Central y pedir su retiro parcial. Se sirvió un segundo whisky, le puso una desproporcionada cantidad de hielo y le agregó un chorro de jarabe de chocolate. Registró en el armario mientras sorbía la bebida a través de una pajilla plástica verde primavera –ese era su color favorito y nada podía hacer para evitarlo– y halló un traje azul celeste que hacía tiempo no se ponía. Le sentaba muy bien. Tras probárselo y decidirse por él, completó el indumento con una corbata negra de lazo, una camisa del color de la nieve que caía en San Petersburgo durante las horas finales de Catalina la Grande, y unos mocasines marrones de horma estrecha.

Ya estaba listo para ir a la Central. Después examinaría el otro disco.

«Buena pinta, les vas a causar a todos una impresión tremenda», murmuró la voz. «Ahora van a ver», pensó el agente. «¿Cómo? ¡Vas a sembrar el terror!», ironizó ella con un sonsonete amanerado que alarmó a Legumbre. «No se te ocurra burlarte de mí», amenazó él mientras se aplicaba en el cuello, ante el espejo del baño, un spray de agua de tocador que era el colmo de la coquetería. «¿Formalizarás tu renuncia o bailarás con alguna chica?», preguntó la voz. «Cállate ya», dijo el detective luego de observar los aderezos de su imagen.

Abajo, en el enlosando de terracota de la parrillada, el barman y el celador discutían sobre el estado del clima. Una grisura uniforme se había apoderado del cielo. Las caras se les iluminaron cuando vieron a Legumbre. El saludo del agente no demoró y ellos quedaron como en un estado de alivio, o de placidez.

Los altos muros exteriores de la Central, y lo mismo la verja y las casetas de los custodios, estaban siendo blanqueados con un oloroso acrílico por un tipo bajito a quien llamaban Nerón. «¡Nerón, esto! ¡Nerón, lo otro!», se escuchaba en las inmediaciones de la entrada principal. Nerón era un experto en el manejo de la pistola de aire con que atomizaba la pintura. Arrumbados bajo la sombra escuálida de las casetas, y todavía con las máscaras de protección puestas, los custodios alimentaban la pereza y mantenían un diálogo de monosílabos a punto de extinguirse.

Legumbre se llevó un pañuelo a la boca y la nariz, entró, saludó con marcialidad y siguió de largo, rumbo a las oficinas. Cuando se presentó en el buró de recepción y fue visto por algunos compañeros suyos, todo el mundo se dio cuenta de que algo se traía entre manos. Desde un rincón, bebiendo café, el supervisor Souza da Cunha lo examinó preguntándose qué querría.

–Vengo a pedir un retiro parcial –le dijo Legumbre cuando lo tuvo delante.

El supervisor saboreó el último trago del café y disimuló su goce con una mueca:

–Eso mismo me temía, agente –declaró medio compungido–. Al presentarse vestido de ese modo, con tanto atildamiento, usted sólo podía querer una cosa: el retiro parcial.

Legumbre respiró con alivio. Su jefe aceptaba. Y, en realidad, no se daba cuenta de que, tanto Souza da Cunha como algunos otros, tenían a Legumbre por un trabajador demasiado próximo a la mediocridad. Pero el supervisor fingía bien su pesar. Le mostraba a Legumbre una suave y alentadora tristeza.

–Bueno, bueno –le palmeó Legumbre la espalda–. Estaré de vuelta dentro de poco…

–Un año, agente –se apresuró a aclarar Souza da Cunha–. Un año entero.

Y suspiró mientras acariciaba, con relativa incongruencia, el bulto de su revólver.

—Cualquiera de las secretarias le rellena el formulario —añadió el supervisor—. Y entonces podrá pasar por la caja y cobrar una bonita suma más unas regalías de ocasión, para que despeje su ánimo ¡y pueda descansar como merece! ¿No tiene planes, Legumbre? ¿Alguna visita larga? ¿Un viaje? ¡Una excursión de varios días, para empezar!

A Legumbre aquellas palabras le supieron muy bien, y al cabo de una hora ya se había convertido en un jubilado lleno de gallardía, pero con tribulaciones inconfesables. Una de las secretarias le dio un escrito lleno de sellos oficiales. De momento, su vacante sería ocupada por el señor Acacia.

De regreso, sentado ante el ordenador y repasando la excitante película de marras, recordaba Legumbre la interrogación de la señorita Kawazuro. «¿Y para dónde se nos va, señor agente?» Y él revelaba: «Me marcho por unas semanas a El Cairo». La señorita Kawazuro insistía: «¿Tan lejos?» Y él contestaba, preguntándose cómo era que ella sabía que él se retiraba a algún sitio, a disfrutar de unas prolongadas vacaciones: «Figúrese, si no hubiera sido policía me habría gustado ser egiptólogo». Ella lo miraba: «¡Ay, pero de qué secretas vocaciones se entera una!» Y él, un poco nervioso: «No la invito a irse conmigo porque sé que usted tiene mucho trabajo y está comprometida con el señor Falleba». A lo que la señorita Kawazuro respondía, entre risitas: «Bueno, señor Legumbre, puedo ampararme en una licencia, ya que tengo días libres, señalados en mi agenda, y explicarle al agente Falleba que usted y yo nos vamos a investigar las momias del Valle de los Reyes».

Pero la señorita Kawazuro era una japonesa criada en Düsseldorf, capital del Gran Ducado de Berg, y seguramente tenía costumbres que a Legumbre no iban a apetecerle, aunque sobre la mesa de la señorita había notado él la presencia de un viejo catálogo de Araki Nobuyoshi.

«¡Cómo te gusta fantasear, para después… nada!», lo interrumpió la voz despectivamente. «Déjame pensar», rogó el agente. Examinaba una y otra vez la película sin que su asombro menguara. «La gran pregunta es de qué forma pudo ella filmarlo todo sin perder detalle», escuchó. «Algo hizo la maldita… Algo de lo que no me doy cuenta aún», masculló el agente.

Y hasta que el día se oscureció, con claras amenazas de tormenta, estuvo Legumbre sentado frente a las imágenes de su delito, remojándose con ellas el alma. Y así hubiera continuado su contradictorio empapamiento hasta rendirse de sueño, pero como la lluvia estaba antecedida por un profético concierto de rayos y truenos, apagó el ordenador y se fue a la sala, tambaleante. Se echó, como un perro, delante del televisor, a ver los canales de noticias.

Noticias frescas no había. Tan sólo aisladas referencias a las nuevas declaraciones del Consejo de Europa.

¿Cuánto costaba el pasaje más barato La Habana-El Cairo-La Habana?

¿Invitaría, por fin, a la señorita Kawazuro?

Debía hacer con antelación una reserva de hotel.

Por supuesto, un hotel que estuviera cerca de Ada-Bama-N.

Pero si viajaba con la señorita Kawazuro, no podría ir a Ada-Bama-N.

A menos que ella…

No. Imposible.

Aunque del Japón milenario podía esperarse cualquier cosa. Una fantasía que se llamara, por ejemplo, «La Locura del Gusano de Seda». Algo así. Para empezar. ¡Había fotografías de Araki Nobuyoshi en la mesa de la señorita! Cuerdas de distintos calibres, muslos cautivos, utensilios de cromo, pezones pinzados, cables de colores…

Se hallaba sumergido en esta niebla de las preguntas sin contestación, cuando el intercomunicador hizo ding-dong y Legumbre se sobresaltó. No esperaba a nadie. Temeroso de alguna sorpresa desagradable, apretó el botón de escucha sigilosamente y sintió la voz del barman que lo saludaba.

El barman era El Hombre Invisible y al detective le parecía bien. Le hacía gracia su ligereza un tanto sobrenatural.

—Buenas tardes, señor.

—Gusto en saludarlo —se excedió el agente—. En qué lo sirvo.

—Pues mire usted, señor, me preguntaba y me preguntaba y me preguntaba si le gustaría compartir un poco de tequila… ¿Le gusta el tequila? Va a haber tormenta y nada mejor, mientras dura, que unos vasitos de licor…

Legumbre receló.

—Usted me pasma… no sé qué decirle.

—Dígame que sí y ya. ¿No le gusta el tequila? Además, yo estoy solo aquí abajo y usted está solo allá arriba —observó el barman.

—El tequila es una de mis bebidas favoritas, para qué decir una cosa por otra —contestó el detective.

—¿Entonces? ¿Subo yo o baja usted?

Meditó un instante:

—Suba, abajo el viento nos tirará la lluvia encima.

—Pues espéreme ahí —dijo el barman.

Cuando el hombre tocó a la puerta, ya Legumbre se encontraba tras ella. Pero demoró en abrir porque, en absoluto silencio, espiaba como de costumbre los ruidos del exterior. Le franqueó la entrada al barman y vio que este había puesto una de esas caras que exudan simpatía mezclada con serenidad. Traía, en efecto, una botella de Herradura reposado. La acariciaba despacio, como si estuviese viva.

—Olvidé los vasos —se excusó.

—Yo me encargo.

Por un instante, mientras buscaba los vasos, dejó al barman solo. La sala no le gustaba para recibir visitas, pero tampoco se decidía a meter al hombre en el despacho. Cuando regresó le dijo, con esa diminuta familiaridad que nunca podía controlar:

—Usted no tiene idea del tiempo que hace que no pruebo eso —apuntó a la botella con un dedo y dejó escapar un gesto parecido al de quien se relame.

El barman sintió una especie de pena. Una oleada de vergüenza ajena lo invadía. Bajó los ojos unos segundos y volvió a mirar al agente:

—Tenga. Dése el gusto de abrirla.

Legumbre sonrió.

—A ver si me acuerdo —dudó.

Sin embargo, el detective se mostró hábil y en unos segundos ya estaba llenando los vasos. Observó el rostro complacido del barman y, alzando su trago, le propuso un brindis:

—Salud —dijo con enorme simpleza.

El barman lo miró, contestó «Salud» rápidamente y bebió con satisfacción. Cuando terminó de paladear, observó el grueso revestimiento plástico de su vaso —donde había una Piedra de Sol y un mono flaco de larga cola enroscada— y rellenó el del detective. Hizo lo mismo con el suyo, que mostraba una cabecita olmeca. Entonces levantó la vista, escudriñó los aprensivos ojos que tenía delante y dijo:

—Brindemos por la serenidad del alma y el orden de la realidad.

A Legumbre aquella proposición no le supo bien, pero de inmediato pensó que a él casi nada le sabía bien. «Estás paranoico», le dijo la voz. Y él creyó que sí, que estaba algo paranoico. Así que alzó su vaso, sonrió y le dijo al barman:

—Brindemos.

El barman se acomodó en la butaca y estiró las piernas.

—¿No tendrá por ahí unos limones y un poco de sal? —preguntó.

—Los médicos me prohíben la sal —se excusó—. Y soy alérgico al limón.

Sin contemplaciones de ninguna clase, el barman se quitó los zapatos y recogió los pies bajo los muslos.

—Yo soy un hombre plural, ¿sabe usted? Un hombre que se multiplica... Pero he sido educado en el estoicismo y la duda sistemática —empezó a decir—. Fui fraguado en el sí es, no es, sí es, no es... Poco a poco, a duras penas, entre tropiezos de toda laya y laceraciones cuyas cicatrices puedo exhibir sin rencor, mi espíritu ha descendido hasta sumergirse en la ilusión de conocer lo esencial del mundo, porque, ¿ya se ha enterado usted de que el mundo no se deja conocer así como así, ni en la infinitud de sus detalles, ni en sus esencias, que son muchas? Perdone que me rebaje a lo literario, a la metáfora, que es hija de la imposibilidad de lograr la exactitud... ¿Qué voy a hacer? Por cierto, ¿usted sabía que el lenguaje es un conjunto de sistemas que, como ciertos organismos inteligentes, siempre tienen la impresión de que no se bastan a sí mismos, ni siquiera en el grado más complejo de articulación? El lenguaje, señor detective, es un fenómeno incesante y, sin embargo, tiene una identidad propia que no deja de lamentar, ¡y con cuántas voces activísimas expresa ese lamento!, sus propias e ilusorias carencias... En fin, no me haga mucho caso. ¡Todo esto podría ser obra de los tequilazos! ¡Jajaja! Hay que reír un poco. Sólo un poco, señor detective. Pero reír. ¡Reír! En mi apartamento tengo, puedo mostrárselo y quizás se embulle usted a colgar uno por acá, un póster que dice, en letras rojas sobre un fondo amarillo: RIEN. Me lo trajeron de París y ya puede usted apreciar la ambivalencia, la broma, el chistecito, la doble intención... RIEN. ¡Rien, ríen, rían! ¡Rían! Porque de la risa al olvido van unos pocos pasos, y del olvido a la nada van otros tantos. Unos pasos nada más. Sólo unos pocos... entre la risa y la nada... Pero ¡ya le decía yo que hay que medir las palabras! Y no es que uno se haya vuelto avaricioso, no, eso no, sino que uno llega a saber, por experiencia, que las palabras tienen filo, contrafilo y punta, y que son el único instrumento de utilidad comprobable para conocer, o intentar conocer, este mundo nuestro, tan estúpido y cruel, tan espantoso y lleno, a su vez, de belleza...

Porque la gente habla de lo bello, ya ve usted, señor detective, y tal parece como si lo bello fuera un asunto inefable, y hay por ahí quien habla de lo bello y se agita y pone los ojos en blanco… ¡Puras paparruchas! Exageraciones, patrañas, fingimientos innecesarios… La belleza, téngalo por seguro, es cosa abundante. Muy fácil comprobarlo. Fíjese, haga el siguiente cálculo, señor detective… Observe… La tendencia general de los hombres, suponiendo que seamos los hombres los responsables de todo, incluyendo a Dios como invención suprema, la tendencia general, decía, es hacia lo bello, como deseo y como ideal recuperable todos los días… Pero si son los hombres el resultado de Dios, o sea, nosotros como invención suprema de Dios, ¿no comprobamos acaso que la tendencia divina es también, por lo general, hacia lo bello? ¿Entonces? ¿A qué conclusión deberíamos llegar, señor detective? A la conclusión de que lo bello es muy natural. Otra, muy otra cuestión, es la necesidad que tenemos de medir las palabras, usar las necesarias e intentar pasar inadvertidos. Porque hay cosas muy raras y peligrosas por ahí… No hay que andar prodigándose. Yo, no sé usted, creo en los demonios, que, bien analizadas las pruebas que nos dan de su existencia, no son criaturas sobrenaturales, o frutos abortados de las Potestades Incorpóreas, cuando el Mal se acerca y sopla su aliento sobre la faz del mundo… Pero no, en serio… Escúcheme: el lenguaje es nuestra cárcel, nuestra libertad y nuestra única posibilidad de salvación ante la histeria o ante la locura del mundo. E, incluso, ¡ante la muerte! Porque el mundo está cada vez más loco, ¿lo sabía? Rematadamente loco, señor Legumbre. Y es una lástima, porque el mundo es bonito, a su manera, claro, y merece ser visitado, en tanto lugar, o respirado, en tanto atmósfera. Le digo todo esto porque he viajado mucho y visto mucho y conocido a demasiadas personas. ¡Demasiadas! La mayor parte de la gente cree que el mundo es un lugar del que podemos disponer libremente, pero en realidad el mundo es un estado de cosas, una situación movediza que controlan los demás… No aspiro, señor Legumbre, a que me comprenda de inmediato. ¿Cómo iba usted a comprenderme de inmediato? Y no alego tal cosa porque yo estime que usted no es un hombre inteligente. ¡Para hacer el trabajo que usted hace, se necesita brillantez de mente y fervor de ánimo, dos cualidades cuya fusión escasea! Lo decía porque yo soy un tipo rarísimo, reconozco eso, un tipo ahí que está soltándole a usted, ahora mismo, un discurso abstruso e insolicitado… ¡Y, de contra, tequilazos van y tequilazos vienen! Necesitaría estar muchas horas delante de usted, señor Legumbre, explicándole en qué consiste mi hipótesis sobre la estructura monárquica del universo, sobre la inutilidad y el heroísmo del lenguaje y sobre la necesidad de dudar sistemáticamente, sin parecer que uno duda de todo cuanto hay en esta tierra… Pero como sería injusto importunarlo a usted con semejante discurso, y también muy pero que muy injusto arruinar este Herradura reposado con la oscura gravedad de mis pensamientos, le he traído, humildemente, los escritos completos de J. P. Nijitsky. Veo, y no me extraña, que ignora quién es Nijitsky. ¡Muy normal! Completamente normal. He revisado una a una las bibliotecas públicas de esta ciudad y en ellas no hay un solo ejemplar de este libro. ¡Y pensar que Nijitsky se fue a la isla de Patmos a escribirlo! Y lo mejor, señor detective: una noche, sin que nadie lo viera, entró en esa cueva donde Juan el Evangelista, olvidándose del frío, redactó el Apocalipsis, y durante una noche y un día, en un estado como de febricitación creativa, de fluorescencia estelar o qué sé yo, escribió Nijitsky sus *Encíclicas para el inicio de los tiempos*. Cuando terminó de descargar y mitigar sus intuiciones, sus conceptos, o su momentánea incandescencia de lucidez, o cuando se quebró su comunicación directa con la Gran Verdad, un demonio se dio cuenta de que él, mero mortal, hombre simple, hombre neto y casi desnudo, había estado en contacto con algo que no debía revelarse. Y entonces se le presentó a Nijitsky aquel demonio. La experiencia está recogida al dictado, no se trata de un memorial de puño y letra, pero podemos confiar en su veracidad. Nos cuenta Nijitsky que vio junto a su rústica mesa de trabajar, que no era más que un tablón de *surf* recogido en la playa, a una niña como de doce o trece años. Al inicio creyó que la niña andaba extraviada y que vivía con alguna de las familias de turistas ricos que estrenaban el verano de la isla y luego lo cerraban tras inscribirse en la Sociedad Náutica. Pero no, la niña no se había perdido. Ella estaba allí, a su lado, con una simpática cesta llena de confituras y panecillos dulces, y empezó a preguntarle a Nijitsky por qué se dedicaba a escribir en un sitio tan desolado y gélido como aquel. Y cuando el filósofo le contestó «¿Dónde si no?», ya que la cueva era un lugar santificado por la revelación, las palabras y el soplo del Nuevo Credo, la niña abrió los ojos, lo miró con fiereza y se despojó de toda la ropa, al tiempo que saboreaba obscenamente un caramelo de inequívoca morfología. Ya podrá usted imaginar, amigo detective, a qué estoy refiriéndome… Y le dijo la niña a Nijitsky que ella sí estaba glorificada, como los dones de la pre-santificación, y que venía a hacerle algunas revelaciones de las que él no tenía noticia. Pero Nijitsky era un hombre sabio y vio con horror que ella, a pesar de su corta edad, tenía mucho vello encrespado entre los muslos, como una mujer madura. «¿Por qué te desnudas ante mí?», le preguntó nuestro filósofo. Y ella respondió: «Para que veas que soy hermosa, verdadera y que he sido ungida por mi Padre antes de entregarme a ti». Nijitsky repuso: «No tengo comercio con niñas». Y ella gritó: «¡Parezco una niña, pero no lo soy!». Entonces Nijitsky, que sonreía todo el tiempo, le propuso: «Voy a hacerte una pregunta, y si respondes correctamente dormiré hoy contigo como un esposo duerme con su esposa». Ella aceptó y Nijitsky, cuyo ingenio era muy considerable, le preguntó: «¿Quién es tu Padre?» Y como a los hijos de Satán les está prohibido negar a su Padre, bajo pena de expulsión hacia los Limbos Invisibles y el Mundo de la No-Manifestación, ella tuvo que responder. Pero todavía quiso emplear un ardid. Le dijo a Nijitsky: «Mi Padre es El que Porta la Luz». Pero Nijitsky la obligó a confesar. Le ordenó: «Tienes que pronunciar su nombre». Y ella dijo: «Lucifer». Y Nijitsky se persignó y le dijo: «Vete, pues, hija de Lucifer, que aquí no hallarás sitio». Y la niña se empecinó: «Voy a quedarme porque quiero y porque está decidido que hoy probarás la carne de nuestra raza, que ya tenía lugar en este mundo cuando tu dios invasor llegó a él con el fin de apoderarse de todo». Entonces nuestro filósofo, sin hacerle caso a la blasfemia acabada de escuchar, pronunció una frase que no falla, una frase que usted debería aprenderse, señor Legumbre, porque a veces es tan eficaz como el puñal que se esgrime en las tinieblas: «Es el mismo Jesucristo quien te lo ordena». Y así, al oír el Santo Nombre, lanzó ella un agudo grito y desapareció. Ya le digo: en las *Encíclicas para el inicio de los tiempos* están las fuentes de mi actual estado de ánimo, de mi posición en el mundo y de mis ideas acerca de él. Es una recomendación que le hago a usted, una invitación. Considérelo de esta manera –el barman le tendió el libro a Legumbre–: ¡como un regalo de la inteligencia moral y de las palabras! ¡Como una nieve que blanquearía un poco la oscura ignorancia que padecemos todos!

Legumbre apresó las *Encíclicas para el inicio de los tiempos* y le dijo al barman:

—Le prometo leerlo todo, de principio a fin.

El hombre, que en ese instante se servía un cuarto o quinto vaso, asintió satisfecho:

—No va a arrepentirse, señor detective. Se lo aseguro.

¿Con qué orate discursivo estaba viéndoselas? ¿Cuál sería su designio al hacerle aquella historia del tal Nijitsky, dialogando en Patmos con una niña que al final era un demonio? ¿De veras tenía que soportar semejante necedad disfrazada de homilía?

«Reconozco que me equivoqué con el tipo», susurró la voz.

«Si no me dices otra cosa... Pero en fin, qué vamos a hacer», pensó Legumbre.

«Te pido perdón», profirió la voz.

«Qué perdón ni qué nada», trituró él las palabras inaudiblemente, encabritado por la monserga del barman y los excesivos tequilazos.

«Tienes que perdonarme», insistió la voz.

«Ni pinga», soltó.

—¿Dijo usted algo, señor Legumbre?

Y Legumbre, que ya no estaba para rodeos, contestó:

—Acabo de darme cuenta de lo tarde que es. Debo trabajar, le agradezco mucho su compañía. Su reposado es espléndido...

Se levantó, acomodándose perezosamente el pantalón, y le alcanzó al visitante los restos del tequila. Con una sonrisa de la más pura felicidad, abrió la puerta del apartamento.

—Hemos pasado una tarde gloriosa —dijo el barman mientras avanzaba, botella en mano, hacia el corredor donde se distinguían las luces de los ascensores.

—Ya lo creo, y si usted lo dice... —ronroneó Legumbre, sin dejar de estudiar la posibilidad de que hubiera, en la historia de Nijitsky y la niña diabla, alguna ominosa alusión a sus líos.

Cuando el barman desapareció de su vista, tiró el libro en una butaca y se precipitó sobre el teléfono con intenciones de resolver el asunto de su pasaje a El Cairo. Se puso al habla con la agencia donde solía hacer sus reservaciones y donde estaban los mejores precios, pero le informaron que no habría oportunidades hasta transcurrida una semana. Aun así, como él era lo suficientemente ahorrativo y consideraba que un tercio del precio habitual de los pasajes equivalía a una suma atractiva, decidió reservar un preboleto. Si debía esperar, lo haría. Le bastaba con encerrarse en el apartamento, sumergir la mirada en los espacios de su Rothko y su Newman, y desconectar el teléfono, caso de que resolviera prescindir de él. El viaje de Rothko de los anaranjados a los escarlatas era, para Legumbre, uno de los más auténticos, en especial el proceso de los trombocitos anegando la sangre vertida. Los trombocitos buscaban los bordes, como si pretendieran levantar una frontera sinuosa, sin forma aparente. Y así, a medida que pasaba el tiempo, una discreta línea amarilla, como de fuego pálido, terminaba de trazarse allí donde el camino de la sangre se interrumpía.

La tormenta ya había entregado lo peor de sí y el detective regresó a su despacho. En lugar de dedicarse a la lectura, encendió el ordenador.

Entre él y las imágenes del filme se producía una imantación enfermiza, inconfundiblemente jovial y llena de extrañas jactancias. No se cansaba de contemplar los pormenores del momento en que Valaria se quitaba la ropa, deslizándola por su cuerpo antes de estrechar la pulcritud blanca del lecho, volverse bocarriba, estirarse con suavidad sobre la sábana y abrirse la supervulva con un pasmoso y ávido lucimiento, como si detrás de aquellos gestos hubiera una cortesía de colegiala, que es lo que se ve bajo el rostro de esas niñas falaces en quienes la inocencia contribuye a acentuar ciertas pulsiones.

«Mire cómo se me abre, señor Legumbre», murmuraba ella con una pizca de indisimulada agitación. «Ábretelo más, enséñame tu cositica», decía él. «¿Así?», preguntaba ella tras enseñarle el mejillón corredizo. «Así, déjame verlo de cerca, sácalo todo», pedía él arrimándose mucho. «Este clítoris mío me da muchos problemas», revelaba ella. «A ver... a ver... cuáles son esos problemas, no me ocultes nada», exigía él, asumiendo entonces una entonación ñoña y una postura más cómoda, pues adivinaba en ella la intención, o la necesidad, de contarle alguna historia tremenda. «A veces es tanta la necesidad de castigarlo, que le pongo, después de sacarlo, una presilla metálica, y entonces lo mantengo colérico... La piel se me eriza, todo empieza a darme vueltas y poco a poco, en oleadas, vienen a mí los orgasmos... un orgasmo, dos orgasmos, tres orgasmos... Sin tocarme, sin pensar en nada... Y son como golpes de placer ralentizados, ¿me comprende usted? La presilla es un pertrecho cruel y maravilloso. Y me quedo tirada en la cama durante horas y horas, con los muslos abiertos, desnuda, y la presilla todavía ahí, martirizándome... No vaya a creer que la técnica de la presilla en el clítoris me la inventé yo misma, por maliciosa y loca que soy. Una vez, leyendo una revista –*El chirimbolo feliz*, no sé si la conoce–, descubrí un cuento breve de un escritor de Rhode Island, un tal O. L. Dunn, ilustrado por el propio Dunn, que a ratos cultiva el arte de la fotografía. En la imagen hay una mujer de perfil. Muestra su pelvis ensombrecida por algunos tonos bermejos, y de su pubis sale una presilla de esas que se usan para sujetar hojas de papel a una tabla de dibujo... Así fue como empezó todo. Conseguí una presilla del mismo tipo y ya ve, me he transformado en una adicta incurable a los pellizcos metálicos de presión constante», refería la panameñita.

Legumbre hacía avanzar la película hasta el momento en que Valaria abandonaba aquello para entregarse a otras ostentaciones más predecibles. Pasó y repasó el fragmento, que sólo duraba unos segundos, hasta que, insensibilizado por la repetición y el eco neutro de las palabras, hizo retroceder las secuencias hasta el inicio mismo. Por un defecto en la primera toma, llena de un ruido visual donde las imágenes estaban como emborronadas y descoloridas, notó que allí la figura de Valaria, silueta acribillada por deformidades y píxeles en mal estado, se movía dentro de la habitación de un modo peculiar y misterioso. No era posible identificar nada concreto. El ruido visual se dejaba observar como una epidermis gruesa y escasamente traslúcida. Sin embargo, algo se escondía en aquel caos de rayas y manchas en movimiento.

Un par de gestos escuetos. Dos o tres pasos dentro de la habitación.

Una mímica insólita.

Un brazo que se alzaba, se detenía a la altura del rostro y después descendía pausadamente.

Significativas imprecisiones en la niebla.

O eso le parecía a él, enrojecidos los ojos de tanto rebuscar en la pantalla.

De tanto fisgoneo inútil en aquella vorágine.

Un caos de rayas y manchas. Nada más.

Tan sólo siete segundos de rayas y manchas. Y por debajo de ellas los ademanes indescifrables. Y después aquella secuencia que empezaba: «Mire cómo se me abre, señor Legumbre».

Se echó para atrás, aferrado a los brazos del sillón, y un brillo salvaje le empañó la vista. «Hmm... ¿En qué estás pensando?», dijo la voz retóricamente. «La muy hija de puta me las va a pagar», prometió él. «Ten cuidado», oyó decir. «Oh, sí... Voy a tener el cuidado de aplastar su cabecita para ver cómo todo se llena de sesos y sangre... Aunque me gustaría conservar sus ojos en alcohol, pero me temo que perderían el color al cabo del tiempo», rumió él mientras movía el cursor y la película, y miraba y miraba y miraba... Volvió a apoltronarse. Suspiró. «Nunca me la metieron por ahí», aclaraba Valaria. «¿Te gustaría?», le proponía Legumbre. «Pero no me maltrate, señor», rogaba ella con un énfasis muy puto. Y entonces todo quedaba en silencio, a no ser por la verbosidad, al cabo inexpresable, del procedimiento, que se hacía parsimonioso y admitía una especie de temblor. «¿Ves?», se enorgullecía el detective. «No me duele, señor», informaba Valaria. «Voy a entrar un poco más», le comunicaba él. Y lo hacía. «¡Ay!», gemía ella. «¿Estoy lastimándote?», se preocupaba Legumbre, a punto de introducirse por completo en el culito de la niña. «No, no —sonreía—. Es que está gustándome mucho».

Era innegable que la dañaba, pero la pequeña no se quejaba. Más bien lo disfrutaba. Entraba y salía de aquel culito con una delectación tremenda. Y llegó el instante en que empezó a conducirse violentamente. Y fue entonces cuando recordó el segundo disco, desentendiéndose a duras penas de su colosal erección.

Roberto estaba allí, en el vidrio azuloso o negro del ordenador, atado con cuerdas finas a una silla que imitaba el estilo de aquellas que poblaban los aposentos del Rey Sol. Había paredes pintadas de un sepia grisáceo. El saloncito, discretamente iluminado, parecía un estudio de grabaciones. «¡Suéltenme, hijos de puta!», gritaba Roberto. «Casi no le va a doler», susurraba el payaso, muy cerca de una oreja grasienta y sudorosa por donde habían caminado algunas moscas que se entregaban al placer de establecerse, impunes, en los recovecos de una piel que ya olía a muerte. Roberto era algo obeso. «¡Está bien, acepto, pero suéltenme ya!», volvía a gritar. «¿Oíste lo que dijo? Parece que acepta», observó uno de los tipos. «Pero ya es tarde, amor, para quererte...», cantó otro, balanceándose en medio de una pantomima procaz y como si usara un micrófono antiguo. «Lo siento, señor –dijo el payaso, cerca otra vez de la misma oreja–, pero no tiene sentido arrepentirse ahora. La grosería se paga con dolorosos esmeros, con pulcritudes que se encuentran lejos de la vida… Veamos: en el sitio de donde vengo ya no quedan hombres, ¡ni mujeres! Llego aquí, empiezo a hacer mi trabajo, y cuando todo está listo lo recomiendan a usted, me hago ilusiones, confirmo mis planes, traigo las armas y de repente empiezan a aparecer esos titubeos y esas exigencias suyas tan bruscas, tan soeces… y entonces, ¿qué debo hacer? Veamos. ¿Montarlo en un cohete y dejarlo en la superficie lunar? Muy caro. ¿Convencerlo de que modifique su actitud? Muy lento, muy tardío. ¿Borrar de su memoria todo lo referente a nuestros tratos? Un desperdicio y un peligro… siempre quedan retazos de imágenes y frases y sueños… Esto –alzó el taladro y apretó unos segundos el interruptor– es lo más que puedo ofrecerle. Sólo espero que su hueso frontal no sea demasiado duro».

Legumbre vio cómo los tipos metían en la boca a Roberto un gran tapón rojo, esférico, de goma, y sellaban sus labios con abundante cinta adhesiva. Después se pusieron guantes quirúrgicos, agarraron su cabeza y la inmovilizaron con dificultad. Roberto se debatía. El payaso volvió a acercarse. Le daba gracia la mirada enorme, acuosa y parpadeante. «¿Prefiere usted a Purcell, o tal vez a Scarlatti? Me he aficionado a ambos», reveló. Del hombre sólo brotaban gemidos muy nasalizados. «Ya veo, también yo prefiero a Purcell», dijo el payaso y chasqueó dos dedos. Uno de los tipos puso una canción de Purcell y el payaso empezó a cantar. Aunque lo hacía con hondo sentimiento, su voz no dejaba de ser de mala calidad. Levantó el taladro, lo examinó brevemente, interrumpió el canto y removió la barrena, que le había parecido demasiado fina. «¿No hay una de media pulgada por ahí?», reclamó incómodo. El tipo de la música le trajo una de inmediato, más gruesa, y el payaso regresó a la canción, que tornó a oírse desde el inicio. Extendió una mano, sin mirar al acólito, y este puso en ella un escalpelo. «A ver, Roberto… Vamos a hacer un cortecito por acá y dejar libre el sendero hacia ese hueso… ¡Me está dando usted mucho trabajo! ¡Estoy malcriándolo! Y todo para que le duela menos, aunque usted no llega a merecer la verdadera dimensión del dolor… ¡Ahí tiene! ¡Desprecia y teme el dolor! Qué infeliz coincidencia. Usted rechaza lo que yo de todas maneras no iba a proporcionarle. Vamos… vamos… No se agite así. ¿Ve? Un corte muy breve. Quieto. Ya vamos a terminar. ¡Pero cuánta sangre brota de usted! ¿Y todo a causa de una incisión tan pequeñita? Permítame probar un poco… Hmm… Rica. ¡Salinidad elevada! ¿Consume carne de cerdo todos los días, en salsa, frita o en asados? Bien, no importa. ¡De a poquitos ya se nos convirtió usted en porcino! ¡Y qué barbaridad, defender una sangre contaminada por un espíritu grasiento y romo! Ahí vamos, señor Roberto. Pocas cosas mejores que el escrúpulo de la exactitud en el uso de las palabras. A primera vista nada útil se saca de allí. Pero después… ¡Después vienen las recompensas! Una última cosa, Roberto: no intente desmayarse. Mis sirvientes le han dado a Su Eminencia algo que lo mantendrá bien despierto. Ahora voy a atravesarle el hueso, usted podrá sentir el olor de la quemadura. ¡La fricción de la barrena! Pero no se preocupe, he notado que la punta es de un tungsteno de ley y muy pronto llegaré a su esponjoso y necio lóbulo frontal», dijo el payaso. Encendió el taladro y lo aplicó en el punto escogido. La mirada de Roberto se había fijado en lo alto de la pared. Los ojos eran dos bolas blancas y vibrantes.

Legumbre sintió un remolino en el estómago y el cuerpo se le descompresionó. Otra vez, bajo la glotis, el vómito artero anhelaba dispararse. Otra vez la sudoración. Otra vez la idea de que había entrado en un mundo prohibido y sin tener la menor idea de cómo escapar de él.

Pero al siguiente día, luego de un radiante amanecer, surcado el cielo por avionetas amarillas que agitaban enormes bandos de acrílico gris con letras rojas, pudo contemplar el detective los tonos festivos de una conmemoración que le importaba muy poco, pero que le daba a aquella nueva jornada un toque de éxito preliminar. No era como para dar vivas al Rey de los Gatos, que mora en Egipto y se encarga de componer destinos felices, pero Legumbre había pensado mejor las cosas y se sentía bien dispuesto a regresar a la Central con el pretexto de recoger un viejo cajón de libros, olvidado en la oficina que usaban él y el señor Baranda, su mejor amigo. En realidad, lo que anhelaba era compartir su secreto con él y pedirle a continuación que examinara discretamente la zona borrosa de la película en el laboratorio de la Central.

La festividad del día —organizada por el Club Dálmata de La Habana y su Presidente Honorario, un sabio de Zanzíbar— había creado una enorme multitud de curiosos entre los que figuraban muchos fanáticos, disfrazados con significativa obviedad de dálmatas hembras y dálmatas machos. Sin embargo, por el camino Legumbre halló garduñas inglesas, conejos y conejas, osos blancos, un caballo custodiado por tres mujeres que iban excitándolo sexualmente por turnos, tres armadillos, una foca que hacía saber a todos su condición de «Foca de la Isla de Baffin», una manada de canguros en plan de erotizarse sin contemplaciones de ninguna especie, y un licántropo inconsciente al que una anciana muy devota acababa de aplicar un tinte dorado para cabellos.

Legumbre tuvo que atravesar la multitud y, como había temido, la multitud –extrañada, casi escandalizada, con irreprimible curiosidad– palpó su cuerpo de muchísimos modos. Por eso, cuando llegó a la Central, traía una expresión de espanto remarcada por la lividez y el asco.

El señor Baranda se había apoderado de la totalidad de la oficina y, al verlo, no pudo ocultar una mueca de contrariedad. Sin embargo, como en efecto él y Legumbre eran buenos amigos, se dieron un abrazo y el señor Baranda le dijo que lo iba a extrañar.

–He venido por mis libros –suspiró Legumbre.

–Y buenos que son –rezongó fingidamente Baranda–. Estuve registrando…

–Si necesitas alguno…

–Tengo mucho trabajo ahora. Leo media página y ya estoy dormido.

–Es una caja pesada –recordó Legumbre–. ¿Me ayudas con ella?

Serían a lo sumo unos treinta kilos de libros y revistas, no más, pero la caja no se dejaba manejar con facilidad. Cuando la sacaron del armario que había pertenecido a Legumbre y la pusieron encima de su mesa de trabajo, ahora personalizada en el estilo de Baranda, ambos pensaron en la necesidad de llamar a algún empleado de mantenimiento para que la trasladara al parqueo.

–Necesito que me hagas un favor –dijo Legumbre mientras hojeaba *El origen de la tragedia*, de Nietzsche.

La antigua mesa de trabajo de Legumbre era un anchuroso tablero de dibujo con varios grados de inclinación. El «estilo» de Baranda consistía en barroquizar el borde exterior (un tercio de la superficie) con banderitas, dinosaurios, ceniceros de cobre y cubos de cristal. En un extremo había un libro –*Guía de Nueva Zelanda*– lleno de marcadores amarillos.

–Préstame *El halcón maltés*, quiero volver a leer esa historia –soltó Baranda inesperadamente, antes de agregar que el señor Acacia le había sugerido ocupar toda la oficina.

–Es un gran favor –insistió el detective sin oírlo. En realidad le importaba muy poco el asunto de su espacio en la Central. Acacia era el epítome de la mediocridad astuta, mientras que Baranda era un simplón con buenos sentimientos.

–A ver, dime qué es –demandó Baranda sin dejar de pasar las hojas del libro–. Qué edición más cómoda, ¿verdad?

–Quiero que veas una película y observes un fragmento de ella. Un fragmento borroso… Necesito saber qué hay ahí.

Baranda no se inmutaba.

–Dame la película –dijo y asió por el lomo, con insultante despreocupación, las *Confesiones* de Rousseau.

Legumbre le dio el disco. Comprendió que debía ser paciente. Luego de respirar con lentitud dos o tres veces, sintió que su cuerpo se colmaba de una beatífica calma.

–Lees a los clásicos antiguos, Legumbre. Eres todo un caballero –dictaminó Baranda antes de apoderarse del disco.

–En el fondo de la caja hay dos libros cubanos. *Blogspotting*, de Jorge Enrique Lage, y *Lapislázuli*, de Rogelio Riverón.

–¿Son buenos?

–No entiendo nada de literatura –sonrió con pena–, pero me resulta difícil encontrar otros mejores que esos.

–En fin, te creo –dijo Baranda clavando la vista en el disco–. ¿Quieres que examine esto?

—El comienzo, justo cuando abres el archivo... Sospecho que allí hay algo, pero no se ve casi nada. ¿Podrás filtrar la grabación?

Baranda alzó las cejas:

—Sabes que sí. ¿Lo hacemos ahora?

Se fueron al laboratorio de la Central, que por aquel entonces era un inmenso salón soterrado. A Legumbre aquellos descensos no le hacían la menor gracia. El laboratorio ocupaba justo el piso doce, pero hacia lo profundo, y era habitual encontrar allí no menos de media docena de cadáveres congelados, en espera de estudios o verificaciones que solían aplazarse una y otra vez. Sin embargo, nadie iba por allí tan temprano. Si acaso, algún técnico atribulado por una orden repentina.

Cuando Baranda, metida la cara en un espectroscopio, terminó de ver el contenido del disco, miró a Legumbre y le dijo, entre veras y burlas:

—Estás preso y no lo sabes.

Legumbre se encogió de hombros:

—Esa niña lo grabó todo... Me tiene en sus manos.

—¡Uy... pero por supuesto que te tiene en sus manos! —ironizó Baranda—. Tremenda la chiquilina. ¿Dónde la encontraste, eh?

—Frente a la Casa de los Muertos, al lado del Consejo de Europa.

—Hmm... Por ahí hay un parque donde suceden cosas que mejor ni contarlas —susurró Baranda—. ¡La pasarela más peligrosa de la ciudad! Allí mismo fue donde se la arrancaron al hermano del señor Falleba. Y cuando digo que se la arrancaron, estoy siendo literal: cabeza por un lado y cuerpo por otro. ¡Con una cuerda de piano!

—Mucho estilo.

—Eso digo. Mucho estilo.

El detective se estremeció. Alzó las manos:

—Pues fue allí, en ese parque, donde encontré a la chica. Aunque, como van las cosas, creo que fue ella quien me encontró a mí. Se llama Valaria, ¿te lo dije?

Baranda se pasó una mano por la cara.

–Legumbre, amigo… ¡No sales de una para entrar en otra! ¿Cómo fue que te engatusó de esa manera? ¿Se desnudó delante de ti? ¿O te hizo algo peor?

«Fue algo peor, en verdad», dijo la voz.

«No te inmiscuyas», pensó él, amenazante.

–En fin –el detective se impacientó–. ¿Descubres algo?

–¿Algo? Acércate y mira… Todo está muy claro y muy confuso… La verdad es que no sé cómo no te diste cuenta… Aunque, viendo la cuestión desde otra perspectiva, creo que te han hecho una hermosísima broma…

El agente se inclinó sobre el espectroscopio y comprendió que, en principio, la nitidez de las imágenes le hacía bien, aunque lo que veía no tenía el menor sentido para él. O, si lo tenía, entonces todo iba a ponerse muy feo y muy difícil. Por otra parte, resultaba evidente que Baranda no le concedía al asunto la menor importancia, aun cuando los hechos eran ¿cómo decir? de una pureza elegante e irrefutable. A Legumbre esa actitud de Baranda empezaba a desasosegarlo. Al menos en ese momento, no sabía cuál era su origen. Todavía nadie estaba en condiciones de explicarle el significado de la *artisticidad del delito*. Ni siquiera el propio Baranda, que, a pesar de no conocer las aplicaciones prácticas de ese peligroso concepto, se relacionaba con él de manera intuitiva. De momento, las posibles razones del señor Baranda, si él hubiera podido explicarlas, venían a ser un correlato inconsciente de la *artisticidad del delito*.

Muy poco tiempo después, cuando ya su vida se precipitaba sin remedio hacia la nada, Legumbre habría de leer, en un cuaderno sombrío y lleno de rencor, el significado de tan exótica noción.

Valaria, desnuda, se rascaba el ojo derecho como si estuviera atornillándolo con fuerza dentro de la cuenca. A continuación, del bolsillo del vestido sacaba algo que se parecía a otro ojo, pero más pequeño, y lo ponía embozadamente junto a los objetos de la mesa de noche. Sin embargo, esto no era *precisamente* lo que Baranda y Legumbre veían. Más bien se trataba del resultado o la reconstrucción de lo visto. Porque, en realidad, el ángulo de visión no mostraba a una Valaria panorámica –de cuerpo entero, paseándose adornada por el temblor de sus pechos–, sino tan sólo sus manos, una parte del pubis, sus rodillas, su abdomen... todo contemplado nerviosamente desde arriba.

Como si sus propios ojos hubieran podido...

«Qué idea más loca», pensó Legumbre.

«Loco estarías si no tomaras en cuenta esa posibilidad», dijo la voz.

Como si sus propios ojos hubieran podido...

«¡Eso mismo!», atajó la voz.

«Cállate de una vez», pensó Legumbre.

¿Como si, con sus propios ojos, hubiera podido filmarse a sí misma? Exacto. La Valaria panorámica –plano general fijo, desde el sitio donde descansaba el otro ojo– aparecía un instante después, precedida por la Valaria que estaba siendo atisbada a vista de pájaro.

Entre los recuerdos de Baranda había uno que revoloteaba por su mente, yendo de las imágenes iniciales de la película a las imágenes finales. Y no por simple congruencia con ellas, sino por una empatía tan maravillosa como horrenda.

Era la historia de una debatida absolución. Cierta vez, cuando el Consejo de Europa no había dictado aún ciertas normas de índole legal, se dio el caso de una eutanasia no autorizada. Varios meses habían transcurrido desde el internamiento urgente de un tal Yamil Cohen, el tiránico y muy anciano presidente de la Corporación Siempreviva, dedicada al embalsamamiento de difuntos amados. Cohen tendría por entonces 106 o 107 años, y cuando lo internaron ya estaba desahuciado. Y así se mantuvo hasta un día en que uno de sus empleados, Abelardo Watts –artista otrora famoso por la precaria moralidad de sus obras–, entró en la habitación donde los médicos mantenían con vida al anciano. Lo desconectó de los aparatos, cargó el cuerpo y subió con él a la azotea del hospital. Allí guardaba Watts una gigantografía hecha en tela acrílica y que transcribía la última comunicación escrita del viejo Cohen. La comunicación, que sellaba la compra, en Frankfurt, de 10000 paneles de vidrio Tannhäuser para construir vitrinas, era en sí un escrito insignificante, pero llevaba, al final, la célebre firma –por complicada, violenta e inimitable– de quien ya era conocido como el Zar de los Muertos. De la gigantografía Watts había suprimido la firma, porque él mismo iba a reproducirla en vivo. Destripó a Cohen con minuciosidad, dibujó con los intestinos y otras vísceras el laberinto de la extraña rúbrica, y, cuidadosamente, lo pegó todo con goma cristalizante al final de la tela. Pero antes de desplegarla por todo el frente del edificio, tuvo una última ocurrencia: colocó a Cohen en el pretil, le sacó un brazo hacia el vacío y se las ingenió para que la mano muerta agarrara el borde del enorme documento. Luego de largas deliberaciones que incluían el estudio de cientos de fotografías del suceso, el tribunal que enjuició a Watts determinó que era culpable del homicidio, pero inocente a causa de la *artisticidad del delito*. Después del escándalo, todos los miembros del jurado se acogieron al Programa de Cambio de Identidad y se dispersaron por el mundo.

–Suponiendo que esto no sea la excelente burla que es –advirtió Baranda con una gran sonrisa, al salir de su meditación–, podríamos exhibir la película e intentar algo... Claro está, sólo si la chiquilina intentara ponerte en peligro.

Legumbre callaba. En una semana volaría a El Cairo.

–Así que para ti todo esto no es más que una burla –le dijo a Baranda.

–Amigo –se avecinó al detective, imbuido de una doctoral condescendencia–, es imposible que no sea una burla. ¡La chiquilina está lejos de ser una chiquilina! Por doquier hay chascos y guasabeos así. ¿No te das cuenta? Naturalmente, ella parece una chiquilina porque se trata de una persona muy joven y de baja estatura. Pero ¿no ves que cualquiera que examine bien esa película, observará que ahí está, sin duda, el trabajo de una actriz, o, en cualquier caso, los fingimientos de una adulta que *parece* una niña? ¡Qué suerte tienes, Legumbre! ¡Te gastan bromas de primera calidad!

Pero él no estaba convencido ni de una cosa ni de la otra. Tampoco quería una segunda opinión. Desalentado, le rogó a Baranda que el asunto terminara allí mismo y lo olvidara por completo. Además, muy pronto volaría a El Cairo. Y entonces…

—¿Qué tal si buscamos a la chiquilina falaz? —propuso Baranda con un manierismo repentino, al ver su indecisión—. Yo hablo con ella…

—Ni muerto —exclamó el detective, temeroso de mencionar el asunto Red Snake—. No quiero verla nunca más.

—Y la clase de Monte de Venus que se gasta la pequeña… Sin árboles ni maleza, bien peladito… Y una vulva contundente. ¿Ves? Ahí tienes otra prueba. Las nenés de doce o trece años no deberían tener eso *así*…

—Como acrecentado por un uso de años, ¿verdad? —intervino Legumbre con una amarga esperanza.

—¡Tú sabrás! ¿Sentiste que estabas con una de esas chicas que acaban de perder la virginidad, o con una experta en látigos y cabalgaduras? —susurró Baranda, otra vez con aquel manierismo.

Legumbre se amoscó. Fue preciso:

—Es definitivamente una experta, excepto por el tono de su voz y las ñoñerías con que te envuelve… Fingió muy bien que era yo quien iba a sodomizarla por primera vez, pero ya sabes… ¡Eso no se puede fingir así como así!, y supe enseguida que tipos más grandes que yo habían pasado ya por ahí. ¿Te acuerdas de aquel viejo e insoportable librote de José Lezama Lima? La serpiente marina había hecho abundantes incursiones por aquella cueva…

—Bueno, bueno —lo consoló el otro, que tornaba a sonreír pero con una pizca de azoramiento, ya que sentía cierta emoción, cierto rubor, y desconocía por completo el librote de aquel señor Lima—. La pasarás bien en El Cairo, supongo. No dejes de escribirme.

—Gracias por todo —intentó alegrarse Legumbre—. La vida está llena de bromas, ¿no?

—Hmm, casi te envidio, señor detective —le confió Baranda dándole un extraño empujoncito con el hombro.

No dijo una palabra más. Se echó el disco en un bolsillo, subieron a la oficina y el otro volvió a meter la nariz en la caja de libros.

—¿Por fin me prestas *El halcón maltés*?

—Claro. Y *Blogspotting* y *Lapislázuli*. Pásales la vista… En fin —añadió antes de despedirse—, quédate con todo. No vas a arrepentirte.

Desolado, pero con alivio, salió Legumbre de la Central. Le dejaba a Baranda su caja de libros, su secreto, su incertidumbre, pero Baranda le ofrecía una nueva perspectiva de los acontecimientos y hasta descubría, en lo espantoso, una ambigua veta de humor. Y como Baranda ignoraba la parte negra del caso —la filmación del refinado asesinato de Roberto—, tampoco sabía nada de ese flamante y resbaladizo abismo por el que Legumbre se había despeñado. De modo que aquel minucioso humor, procedente de una «broma perfecta», le parecía extraordinario y hasta envidiable.

«La niña no es una niña… Tuviste sexo con una cabrona disfrazada… Pero a la larga todo eso forma parte de un montón de ambigüedades que muy pronto tendrás que resolver», dijo la voz.

«Ya ni sé cómo ver las cosas… Lo único que tengo son dos películas y una amenaza», reflexionó el detective.

«¿Quieres que te diga por qué ya no sabes cómo ver las cosas?», oyó.

«Cállate un poco, o duérmete», murmuró él.

«Te excita verte en esa película, eso es lo que pasa», dijo ella.

«Vete al diablo», dijo él.

«Estás perdiendo objetividad», dijo ella.

«No hables mierda», dijo él.

«Narcisista… Se te para cuando te ves», porfió ella.

«¡Cállate ya!», se rebeló.

«A que ese ojo te inquieta y no sabes a qué atenerte», escuchó.

«A que no… Le dieron un puñetazo, o un sopapo… Por puta y mala gente», dijo.

«Jejeje… Eso quisieras creer», le indicó la voz.

«¿Qué estás insinuando?», preguntó él.

«Tú sabrás», resumió la voz antes de desvanecerse en la profundidad de su cuerpo.

Y ese fue el momento en que Legumbre decidió desaparecer de verdad, mas no en El Cairo, ni en ninguna de las otras ciudades de sus sueños, sino en un sitio privado, recoleto, silencioso y medio vacío, donde las reglas desafiaban el vértigo del mundo y las personas tendían a olvidar el paso del tiempo.

¿Dónde había oído hablar por primera vez de la Residencia Morgan? ¿En la Central? ¿En la cafetería del doctor en nutrición? El marroquí amaba la vida campestre y, como buen extranjero que conserva su aire dentro de la curiosidad por lo ajeno, conocía sitios que Legumbre ni siquiera había oído mencionar. Y, al dedicar parte de su tiempo al rastreo de los oasis «para la ponderación del espíritu», como solía decir, no parecía improbable que él mismo le hubiera dado alguna vez esta señal medio olvidada:

Residencia Morgan
(Casa de Salud)
Carretera de las Siete Vueltas
Desvío final
Villa de Santa Clara

Rellenó su menguada billetera, preparó un maletín de mano con atuendos ligeros y una libreta de notas, contempló su Rothko otra vez y cerró el apartamento como para una larga ausencia. Los discos iban seguros, en el fondo de uno de sus bolsillos.

Y así marchó Legumbre hacia un provisorio retraimiento que iba a convertirse en guarida y madriguera por espacio de unas semanas.

O eso deseaba en lo más íntimo. ¡Unas semanas, unos meses!

Aunque se equivocaba.

(Ambiciosa presunción. Error de cálculo.)

En los bajos del edificio el barman y el celador cuchicheaban de lo lindo junto al agua olorosa de la piscina, valorando la posibilidad de sembrar, cerca de allí, algunas variedades de rosas de injerto. Cuando vieron salir a Legumbre del elevador, sonrieron al unísono y repararon con interés en el maletín. Él los saludó sin detenerse, pero el celador se adelantó:

–¡Señor Legumbre, señor Legumbre!

El detective cambió de mano el maletín.

–Buenas tardes –dijo.

–Muy buenas –dijo el celador–. Veo que viaja.

–Viajo, me retiro, cruzo los umbrales –le advirtió Legumbre jugueteando acerbamente con las palabras–. Por cierto, le agradeceré mucho que se ocupe de cualquiera que venga buscándome.

–Délo por seguro –confirmó el celador, aunque sin atribuirle importancia a lo que prometía–. Pero me acerco a usted y lo atajo no sólo para saludarlo y desearle buen viaje, sino sobre todo por otra cuestión. No estoy seguro de haberle dicho que hay pequeñas revelaciones que vienen a mí y se presentan así, sin más ni más… Y tengo que soltarlas justo cuando llegan… Es un pequeño don, señor Legumbre, un regalito del Gran Arquitecto, o tal vez de la Madre Primordial… Mire, yo quería darle este consejo: no hace falta llegar al fondo de las cosas para saber qué aspecto tienen realmente, o con qué sabor alcanzarían a impresionarnos. Usted va a viajar y un viaje puede ser el espinazo de una vida, o su evaporación hacia la nada… Confíe en sus instintos y póngalos en remojo, pero no se entregue a la razón extenuante y estéril… El cielo es azul, y esa es una linda verdad. ¿Por qué arruinarla, digamos, con un examen químico del aire que retoza en la atmósfera superior, si sabemos de antemano que el aire es incoloro? Usted se come un mango en su punto de madurez y la masa es algo único, irrepetible. Pero si se empeña en quitarle al mango *toda* la masa, notará enseguida un amargor torvo, sinuoso… Haga la prueba. Raspe la parte interior de la cáscara de un mango para que compruebe lo que le digo. Hay que dejar una parte de la masa adherida a la cáscara, porque si uno se empeña con la cáscara, que es un límite, o una frontera, entonces todo podría arruinarse…

—No sé por qué me dice todo eso —se incomodó el detective—. ¿Usted es psíquico acaso?

—No, no tengo poderes —sonrió indulgente el celador—. Ya le expliqué… Son pequeñas frases que caen en mi oído. Yo sólo las repito mientras intento explicármelas.

—Ya tengo que irme —Legumbre devolvió la sonrisa y cambió de mano el maletín otra vez—. Si alguien viene, que deje sus señas con usted. Y gracias por los consejos.

III.

Azul de quimera

El primer atractivo visible de la Residencia Morgan consistía en su completo enmascaramiento dentro del paisaje donde se asentaba. Al principio no había sido más que una casona colonial de un piso, levantada en el borde de un bosque extrañamente deprimido. Después, con el tiempo, se le agregó una segunda planta y ocho pabellones medianos y asimétricos, conectados entre sí por medio de senderos interiores de piedra y musgo. Los trabajos de cobertura y disfraz, hechos por un equipo de diez pintores del Gabinete Óptico de La Habana, se habían emprendido hacía unos años. Los tonos y formas de la fachada principal, si era observada de frente, se disolvían en los suaves colores del valle. Al llover, o cuando a fines de agosto el polvo del estío se levantaba por encima de la tierra, la Residencia Morgan alcanzaba la invisibilidad.

Legumbre llegó casi al anochecer y se alegró al ver que en el amplio portal había moradores cenando frugalmente en compañía de enfermeras y médicos. Se detuvo justo en la entrada, puso el maletín en el suelo y miró a su alrededor en espera de alguna reacción. Una de las sanitarias se acercó y le dio las buenas tardes.

—¿Trae una remisión o viene por cuenta propia?

—He venido a descansar de los excesos del trabajo —explicó contento—. Tengo muy buenas referencias de este lugar.

—Usted se encuentra en el sitio idóneo —se complació la mujer, cerrando los ojos—. Venga conmigo, para que rellene su hoja de identidad y se instale.

Legumbre hizo un gesto nervioso y la mujer, con cara de interrogación, contuvo su impulso de adentrarse en la casona:

—¿Cuánto tiempo podría quedarme? —preguntó él.

Ella movió los ojos, un tanto desconcertada.

—Pues... no lo sé. Eso depende del médico. O sea, usted ha venido por sí mismo, busca descanso y retiro... El doctor Ingotus le sugerirá, probablemente, un plazo no menor de tres días. Usted pagaría por ese plazo, escogería su habitación y después... ¡el esparcimiento! Hará excursiones, leerá algún libro, visitará el gimnasio... ¡Podría dormir un montón de horas, si así lo desea! Es cosa suya.

—Me parece magnífico... Pero ¿cuántos días podría quedarme, en realidad? ¿Cinco, diez, un mes, tres meses?

—Todo el tiempo que quiera, señor —subrayó la enfermera—. ¡Pero vamos, que la hoja de identidad aguarda por usted!

Él la siguió hasta un mostrador de madera oscura. Allí, detrás de una vieja máquina de escribir, había un hombre de aspecto bilioso que lo recibió con una especie de incomodidad proveniente del interior de su cuerpo. Legumbre comprendió enseguida que no era él la causa de la actitud del hombre y se mantuvo de pie, callado ante la máquina de escribir, esperando la intervención de la sanitaria.

—Este es un ingreso voluntario. Asiéntelo de la manera acostumbrada y déle de alta —ordenó ella en voz baja.

Sin mirarla, sin decir nada, el hombre metió con sumo cuidado una hoja de papel en el rodillo de la máquina y empezó a teclear frenéticamente, rellenando lo que parecía ser un formulario.

La enfermera atrajo a Legumbre por la manga de la camisa:

—Cuando él termine de hacer su hoja de identidad, empezará a hacerle preguntas. Usted las contesta y él irá copiando sus respuestas una a una. El proceso se demora porque él es un poco lento, ¿sabe?, pero mientras tanto yo voy resolviendo lo de su habitación. ¿Preferiría una con vista al frente, o con vista al bosque? Aunque, si su deseo es el de aislarse de verdad, le podría ofrecer algo del Pabellón Central, donde el silencio es absoluto.

—Preferiría resolver este papeleo de una vez y que usted se encargue de lo demás —dijo el detective con cierta ansiedad—. Quiero irme ya a descansar.

—Perfecto —resolvió la enfermera—. Cuando tenga su hoja de identidad no se mueva hacia ningún lugar. Me espera aquí. Yo regreso por usted, lo conduzco a su pabellón, revisamos su habitación, se instala, descansa y después se entrevista con el doctor Ingotus.

—¿Tengo que entrevistarme con un médico?

—Es lo establecido —insistió ella—. Una conversación mínima.

Con recelo (ya que, para Legumbre, había pocas cosas peores que una mujer enamorada de los detalles de la existencia, en especial si estaban dispuestos en orden cronológico) iba a preguntarle a la enfermera si el diálogo con el tal Ingotus no sería uno de esos interrogatorios clínicos donde un paciente desapercibido se enfrenta a módulos de 50 o 100 preguntas, algunas de las cuales son, por su origen, auténticos misterios. Pensó en el doctor, que seguramente tendría muy pocas obligaciones que cumplir en un sitio así, y le dijo:

—El mío es un caso típico de estrés por exceso de trabajo. Adelántele eso al doctor.

Las lluvias de fines del verano se habían acumulado en el bosque hasta formar un lago de escasa profundidad. Algunos residentes se acercaban a él y se sentaban en el borde, contemplando la sajadura plateada y absolutamente inmóvil que el agua practicaba entre los árboles hinchados. Aunque era un espectáculo cotidiano en la época de las lluvias, el reflejo de una porción del bosque en el agua quieta no dejaba de tener cualidades hipnóticas y tranquilizantes.

Hasta allí fue la enfermera en busca de Ingotus, que de vez en vez accedía a la soledad, aunque fuera nada más que por unos minutos.

—Menos mal que lo encuentro —le dijo ella sofocada, al verlo—. Me duelen las piernas de tanto caminar...

—Mire allí, querida —señaló él hacia el centro del lago—. Si sólo tuviéramos algunos peces... ¡De esos que saltan y reflejan la luz!

—Muy romántico —ironizó la enfermera.

—Vamos, no se tome el trabajo tan en serio. Venga un momento... Le tomó una mano y le besó despacio las puntas de los dedos.

—No hay tiempo ahora, doctor.

—Ay, querida, ¡siempre, siempre hay tiempo!

—No haga eso, ¡déjeme! —protestó ella, zafando su mano de la de él.

—Hmm —olió el doctor, rendido—. Estuvo tocándose, ¿verdad? Sus dedos huelen a escarabajos egipcios, a ácido úrico, a carne cruda...

La enfermera acabó de soltarse y retrocedió unos pasos, evitando la humedad de la hierba.

—¡Morboso!

—A mucha honra... ¡Déjese amar, querida mía! *Shine on, you crazy diamond...* ¡Quién puede medir el tiempo que nos queda!

Abandonaron el bosquecillo y entraron en el espacio abierto, justo a tiempo para ver la ocultación del sol.

—Un nuevo ingreso lo espera. Tipo resuelto. Algo obsesivo. Dice que viene por una cura de reposo. No quiere hablar mucho, así que ya sabe usted.

Cuando entraron en la recepción, ella vio a Legumbre echado en una de las butacas, con la hoja de identidad en la mano, a punto de caérsele. Estaba adormilado, soñando con un viajero que llegaba a El Cairo al amanecer y, sin quitarse las asépticas impregnaciones de un largo vuelo a bordo de un avión sin lujos, no preguntaba dónde se hallaba su hotel ni cuándo abrían las cabinas de cambio de dinero, sino cómo se iba a la Gran Pirámide. Y cuando llegó a ella y la vio ante sí, cayó de rodillas, besó la arena ardiente, palpó sus piedras…

La enfermera se acercó a él y, sin querer, le rozó una mano con el filo del vestido.

—Ah —exclamó Legumbre en un sobresalto—. Pensé que usted no iba a regresar nunca.

—Le presento al doctor Ingotus —sonrió ella divertida.

—Buenas noches —dijo el doctor y le tendió una mano blanca, afinada, de una ofensiva pulcritud.

Legumbre la estrechó brevemente. Se puso de pie. Comprobó con desaliento que el doctor lo aventajaba bastante en estatura.

—Buenas noches —le dijo—. Me gustaría estar por acá un buen rato, descansando… Después me iré de viaje…

—¿Podríamos ir a mi oficina? —le propuso Ingotus.

La enfermera tomó la hoja de identidad, se la dio a Ingotus y desapareció después de prometerle a Legumbre que escogería para él la mejor habitación insonorizada. Aunque de momento el detective se alarmó, la idea terminó por parecerle muy atinada.

Pero la oficina de Ingotus sí lo inquietó. Era un gigantesco dado vacío, sin ventanas, lleno de luminarias altas. Algo similar a una nave industrial perfectamente cuadrada y limpia de trastos. En el centro, ante su pequeña mesa de trabajo, se sentaba solitario el doctor. En la mesa había tan sólo un teléfono. Del otro lado una silla incómoda convidaba a Legumbre a sentarse.

—Me dijo que era detective de primera clase —le recordó Ingotus.

—Así es.

—Muy bien. Podemos empezar. ¿Ha soñado con conejos, barajas o gatos?

Legumbre tuvo ganas de levantarse e irse de allí, pero pensó que debía tomarlo todo como un juego inocuo. ¡Y lamentaba la complejidad de su vida de policía!

—Con conejos, sí —reflexionó.

—¿Barajas, gatos?

—Ni con barajas ni con gatos.

—Bien… Usted va a decorar la sala de su casa…

—No, no voy a decorarla.

—Un momento, detective. Este es sólo un caso propositivo. Estoy sometiéndolo a un test.

—Bien, bien. Entiendo —sonrió Legumbre, medio avergonzado—. Siga.

—Usted va a decorar la sala de su casa… y tiene delante dos grupos de fotos. En el primer grupo hay mujeres desnudas, pero las fotos son muy viejas. En el segundo grupo hay animales de todo tipo y las fotos son recientes. ¿Cuál grupo elegiría?

—Haría una combinación de fotos del primer grupo con fotos del segundo.

—¿Está seguro? —preguntó el doctor.

—Seguro.

—Bien… Usted va ahora por una carretera desierta, a pie, porque su automóvil se ha descompuesto, y de pronto a su lado se detiene una dama muy anciana, que va al volante de un Ford de 1930, y lo invita a montarse. ¿En qué pensaría usted antes de tomar cualquier decisión?

—Me preguntaría si no estoy soñando. Y si compruebo que no sueño, le diría a la vieja algo sobre su Ford. Me gusta esa marca.

—Pero ¿se montaría o no se montaría con ella en el Ford?

—No lo sé. Una dama muy vieja, como señala usted, manejando un Ford de 1930, es algo definitivamente muy sospechoso. Aldo Sauce, el célebre coleccionista de autos, no tiene un Ford de 1930.

—Bien, continuemos. Usted está en su casa, ya terminó de decorar la sala y de pronto descubre una foto que no había visto y donde, en un paisaje campestre, se ve a una niña conduciendo por las riendas a un caballo. ¿Qué haría usted con la foto?

–Nada. No sería, para mí, una foto significativa.

El doctor abrió una de las gavetas de su mesita y puso delante de Legumbre dos láminas de colores autorregulados.

–Usted está en una subasta de arte, tiene mucho dinero y está decidido a llevarse un cuadro famoso, entre los seis o siete que se rematan ese día. Al final sólo puede escoger entre *Puesta de sol en Amberes*, de Jean Crousset, y *Odalisque*, de Charles Jalabert. ¿Qué haría usted?

–Así que estos son los cuadros –susurró el detective mirando las láminas. Pensaba en sus excelentes copias de Rothko, Newman y Richter.

–Dos reconocidas obras maestras –afirmó el doctor.

En calma examinó las reproducciones y comprendió que, puesto en aquella imaginaria situación, le habría resultado muy difícil elegir. El cuadro de Crousset era un prodigio de resolución simple, apenas con figuraciones. El de Jalabert exudaba una sensibilidad antigua, canonizada por el tiempo. No había perdido su interés. ¿Y él no tenía previsto marcharse a El Cairo? ¡La odalisca, vestida de un modo neutro o quizás cosmopolita, parecía como si hubiera escapado de uno de aquellos deseables saloncitos multicolores de Ada-Bama-N!

Sin prisa respondió Legumbre la pregunta de Ingotus:

–Me quedaría con *Puesta de sol en Amberes*.

–Bien, detective –concluyó Ingotus–. Y ahora, la última pregunta. Cuando usted mira su rostro en un espejo grande, ¿se detiene también a mirar el reflejo del entorno?

Legumbre arrugó el entrecejo.

–¿El reflejo del entorno?

–Sí. Es decir, todo aquello se que ve independientemente de su cara –explicó el doctor.

–Por lo general –contestó Legumbre–, me fijo más en el entorno que en mi cara. Mi cara es común. Estoy peinándome, o cepillándome los dientes, y uso el espejo. Uno tiende a mirarse, claro está. Uno mira sus ojos, o su nariz, y por supuesto el pelo y los dientes. Es cosa normal, supongo. Pero mi cara no tiene particularidades, no es una cara que se destaque entre otras caras, o dentro de un conjunto de cien caras, por poner un ejemplo.

Ingotus retiró de la mesa las reproducciones y las guardó en la gaveta.

—Hemos terminado —dijo—. Déme un minuto.

Llamó por teléfono y localizó a la enfermera. Algo lo hacía sonreír.

—Querida, ¿puede venir por el señor Legumbre? Ya concluimos nuestra sesión —le informó y quedó escuchando en silencio. La sonrisa se le acentuaba, menguaba, desaparecía, retozaba un poco por debajo de los ojos y tornaba a insinuarse hasta comparecer nítidamente otra vez.

—Su habitación está lista. Le doy oficialmente la bienvenida —dijo el doctor cuando colgó—. Sugiero, en su caso, una estadía de una semana. Como mínimo.

—En eso había pensado. Dos, tres semanas —le aseguró Legumbre, reservándose la extraña sensación de crueldad que le producía aquella mesa de trabajo tan pequeña y sola dentro de un salón tan vasto.

—¿Tiene algún hobby, señor detective?

—Ninguno. Aunque sí… me gusta leer. De hecho leo bastante.

—Nuestra biblioteca es amplia y está cuidadosamente seleccionada. Como podrá entender, nada de novelas policíacas ni de historias de terror —rió Ingotus—. Filosofía, historia, ciencias, novelas románticas ligeras, poesía lírica, libros de arte clásico y otras cosas. No tenemos señal de televisión ni Internet. Pero sí una videoteca bien surtida y también cuidadosamente seleccionada. Aquí somos conservadores, señor detective. O tradicionalistas… Fíjese en los catálogos que hallará en su habitación y saque sus conclusiones.

La enfermera entró de forma vacilante en la nave y Legumbre advirtió que, al andar, se le escapaba un contoneo perturbado, como si supiera que los dos hombres estaban escrutándola. El contoneo se avivó, o se arruinó, o pretendió naturalizarse cuando ella ya estaba muy cerca de ellos, lo suficiente para percibir la codicia de Ingotus y el desconcierto de Legumbre.

—Puede instalarse ya —le dijo medio ahogada por el nerviosismo—. Su habitación es la número 21 del Pabellón Central.

El agente se despidió del doctor, que inclinó tenuemente la cabeza, y abandonó con la enfermera aquella caja siniestra donde Ingotus parecía estar muy a gusto.

Cuando ya se adentraban en los estrechos senderos de piedra, Legumbre le preguntó cómo se llamaba.

—Verónica Francisca —murmuró ella sin mirarlo.

—Yo me llamo Diosdado. Diosdado Legumbre —le confesó alegremente—. Menos mal que usted no tuvo que involucrarse en el corrimiento semántico de los apellidos.

—¿Que no tuve que involucrarme? Soy Verónica Francisca... Solanácea —le hizo ver ella con un prudente sarcasmo.

—¡Solanácea! —exclamó el detective—. En fin, importa muy poco, ¿verdad? Y uno se acostumbra. Por cierto, no me ha dicho nada del pago de mi estancia.

—Encima de su mesa de noche hallará indicaciones sobre ese trámite —dijo Verónica con sequedad—. Pero mire, ¡si ya llegamos!

En efecto, delante tenían la puerta número 21.

—Ábrala usted mismo —le dijo Verónica y le tendió una vieja llave de hierro que pendía de un trocito de madera pulimentada.

Entraron a la habitación y Legumbre notó satisfecho que encima de la mesa de noche, junto al teléfono, había dos volúmenes gruesos —los catálogos de libros y películas—, y que frente a la cama rebrillaba una sólida estantería de madera ocre con un reproductor multiformatos y un monitor. Al lado de la estantería se destacaba la mole mullida de una butaca azul.

«Si te dejan, podrías quedarte aquí la vida entera», le dijo la voz al agente.

«No está mal para dos o tres meses», pensó él.

«Un año, o lo que dure el retiro», porfió la voz.

«Pero no debo estar desaparecido del mundo durante todo un año», reflexionó.

«Nadie sabe que estás en este rincón y nadie te espera, ¿o sí?», murmuró ella.

«No empieces… Sabes bien que no le he contado a nadie sobre mi viaje a este sitio», confirmó él.

«No tienes ni perros ni gatos ni pájaros… Nada. Y ninguna persona de este mundo conoce tu paradero. Estás como en el limbo… Ya eres El Caballero Inexistente», concluyó ella.

«No seas estúpida», dijo él.

–¿No le parece bien? –preguntó Verónica con un gesto algo incrédulo.

–Por supuesto que sí –declaró Legumbre y le dio la mano en señal de despedida–. Creo que voy a sentirme muy a gusto.

Cerca de la medianoche, mientras veía, echado en la cama, *Qué verde era mi valle*, la vieja película de John Ford, sintió Legumbre pasos detrás de la puerta y un toque discreto. Impresionado por lo fantasmal de la llamada, detuvo la película y se puso a escuchar. El toque se repitió y alguien lo requirió por su nombre.

Era el doctor Ingotus.

Se había acicalado volublemente y traía una taza de café.

–Yo mismo acabo de hacerlo y pensé que iba a gustarle. Me di cuenta de que usted se acuesta tarde –dijo el doctor.

Ingotus entró y se sentó en la butaca. Legumbre agarró el platillo con la taza y olió el contenido.

–Se lo agradezco –murmuró sin dejar de admirar la transparencia de las uñas del doctor–. No soy lo que se dice un bebedor de café, pero no niego que me agrada.

—Ojalá no se haya enfriado –dijo Ingotus.

El café estaba tibio y tenía un sabor distinguido.

—Excelente –dijo Legumbre tras beber un sorbo.

—Buen provecho –asintió el doctor y alzó una mano que quedó en el aire, suspendida–. Pero también he venido porque quería invitarlo a acompañarme. Debo hacer una visita reglamentaria, a pesar de la hora, y creo que usted es el indicado para quedarse junto a la señorita Liddle unos minutos, después que yo me marche.

El detective no pudo reprimir su sorpresa.

—Explíqueme eso.

—Veo que le resulta raro y no es para menos –razonó con lentitud y pena el doctor–. Pero, en realidad, es un favor que estoy pidiéndole a usted. Por muchas razones que no vienen a cuento, esta es la mejor hora para visitar a la señorita Liddle. Y cuando presente mis informes, en el acápite dedicado al cumplimiento de las reglas deberé hacer alusión al feliz roce social de la señorita con otros internos… Roce social, roce espiritual… Ya se imaginará usted lo que quiero decir. Nos gusta que la señorita Liddle esté en la Residencia Morgan. Nos enorgullece atenderla, y ella, que presume de amar lo exótico y de haber preferido vivir la última parte de su vida en una isla del Nuevo Mundo, no se arrepiente de habernos escogido. Por eso no debe estar aislada, a pesar de su minusvalía, y he pensado que tal vez usted no se oponga a acompañarme.

—Liddle… Liddle… –pronunció Legumbre–. En fin, creo que no me suena. Pero dígame, doctor, ¿se distingue la señorita por algo en especial? Porque ya es medianoche…

Ingotus lo miró y entrecerró los ojos.

—Pues sí, señor Legumbre. Ella tiene como ciento sesenta años y ha cambiado el día por la noche.

—Ciento sesenta –repitió el detective–. Qué lata.

—Por ahí, más o menos. No tenemos el dato exacto. Podrían ser ciento sesenta y dos, o ciento sesenta y siete. O ciento sesenta y uno. Quién sabe.

Legumbre se tragó su sorpresa. Se puso una pantaloneta a rayas, un pulóver negro y unas sandalias de goma.

—No, así no —lo paralizó el doctor—. Póngase camisa, pantalón y zapatos. Ella es bastante protocolar.

Cuando llegaron a la puerta de Miss Liddle —así se hacía llamar ella y así debía llamarla Legumbre—, un olor a fresas golpeó al detective. Ingotus vio que la puerta estaba entornada. Empujó un poco y gritó: «¡Ya estoy aquí, Miss Liddle! ¿Se puede pasar?» A lo que respondió una voz enronquecida y fuerte, pero con abundantes hiatos de afonía: «Meta el cuerpo dentro, doctor... Déjese de formalidades».

La cama representaba una especie de caos muy artístico, y ella era una mujer delgada, de largo pelo gris y rostro antipático. Se apoyaba en un costado, encima del codo, y se notaba que no podía vivir sin almohadas. Comía fresas de un viejo plato de loza amarillenta y, al masticar, tendía a cerrar los ojos para abrirlos inesperadamente y moverlos con vivacidad en todas direcciones, antes de palpar, con cierta gracia, un osito de peluche, una bola de vidrio rojo en cuyo centro había una libélula, y una destartalada edición de *The Seven Pillars of Wisdom*.

—Hmm... Veo, doctor, que se hace acompañar —dijo Miss Liddle—. Uno de ustedes tendrá que sentarse a mi lado y soportar mi olorcito a orines...

—¡Ay, Miss Liddle, no diga eso! —canturreó Ingotus y ocupó una esquina de la cama—. ¡Si todos los días su ropa es cambiada y correctamente lavada! Mire, le presento al señor Legumbre, que ha venido a visitarnos por una temporada.

Legumbre le dio la mano a la anciana y el doctor y ella se enfrascaron en un diálogo casi administrativo, empapado de la natural acritud de Miss Liddle. A ratos ella interpolaba frases en un inglés sobreaspirado y apenas comprensible. El detective terminó por aburrirse. Cuando el doctor le dijo a Miss Liddle que ya debía marcharse, hizo una pausa y agregó con un extraño énfasis vengativo:

—Pero lo dejo un rato con el señor Legumbre, que ha interrumpido su película de esta noche por acompañarme y venir a conocerla a usted.

Entonces, sin más, escapó de la habitación y cerró la puerta. Legumbre no supo qué hacer ni qué decir.

—Lamento que ese eficiente adulador lo haya perturbado a usted. ¿Y qué película era? ¿Interesante? Bah, seguro que no... Aquí no hay nada interesante salvo la tranquilidad y el servicio. Me han dicho lo que contiene el catálogo y es pura mierda... Pura mierda agusanada... Si no puede usted reflexionar con *Los forenses enjaulados* y después masturbarse con *Hot Horrorscope Jungle*, no vale la pena. Pero todo eso no es más que historia antigua. No se escandalice. Venga, acérquese... Lo del olorcito a orine lo dije por mortificar al doctorete. Ellos usan unos detergentes que huelen a narcisos. Soy muy limpia. Si a mi edad no lo soy, mejor me muero y ya.

Legumbre se levantó de la butaca y, divertido, se sentó junto a Miss Liddle.

—Cuénteme algo que valga la pena —le propuso ella en un excelente español, apartando el plato de fresas.

—Pues no sé —dudó el detective—. ¿Me deja que le haga preguntas a cambio de no aburrirla?

—Jejeje... Pícaro... Lo menos que puede hacer una mujer de mi edad es comprometerse con la idea de tener cosas que contar, ¿no es cierto?

—Si usted lo dice —afirmó Legumbre con un deje zalamero, pensando en las imágenes que *Hot Horrorscope Jungle* debía de suministrar.

—A ver, dispare —propuso Miss Liddle—. *A big shot.*

–Empecemos con su apellido –aventuró Legumbre.

–¡Ah! ¡Al fin alguien perspicaz! ¡Alguien que se interesa en quién he sido y no en el milagro de mi longevidad!

–¿Se escribe Liddle o Liddell? Porque, escritos de una forma u otra, ambos se pronuncian igual. Liddle o Liddell, más una longevidad como la suya…

–Hmm… Va por buen camino, joven astuto… Mi apellido se escribe así: LIDDELL –confirmó ella–. Ele, i latina, dos d, una e y dos eles finales. Hay una ligera diferencia en la pronunciación, pero es casi imperceptible. Liddle es una palabra algo más corta que Liddell… Mastica la primera y le sabe a salchichas en tomate. Mastica la segunda ¡y le sabe a calamares rellenos con atún! Pero ¿quién, aquí, podría notar semejantes matices? ¿El bobazo del doctor? ¿La disimulada ninfómana de su asistente? ¡Nadie!

–Ya sabía yo –murmuró el detective–. Entonces, su nombre…

–¿Anjá? –balbució Miss Liddell.

–¿No va a decírmelo?

–Adivine… Usted puede hacerlo.

–Alice –pronunció Legumbre.

–¡Ah, mi querido joven astuto!

–¿Alice Liddell? Cuesta mucho creerlo…

–Soy Alice Liddell.

–¿La niña que Lewis Carroll fotografiaba?

–La misma, la misma… Estoy perfectamente lúcida, como puede notar. ¡Caramba, demasiado lúcida! ¿Sabe, hijito? Soy de 1852. Hace mucho tiempo de eso. Acabo de cumplir ciento sesenta y un años. Lo que me hace pensar que en cualquier momento empiezo a decir disparates… Tengo prisa, pero no me apuro. Y me repito a mí misma pequeñas verdades generales que no deben olvidarse ni menospreciarse y que me ayudan a ordenar mi cabeza: El sol sale por el este y se oculta por el oeste, la Tierra es redonda, Miguel de Cervantes murió en 1616, igual que Shakespeare…

La fórmula del agua es H2O, Giordano Bruno escribió *Los furo-res heroicos* y después lo achicharraron, Leonardo da Vinci pintó *La Gioconda*... Daba unas pinceladas hoy, tapaba el cuadrito, se ponía a inventar aparatos, a abrir cadáveres frescos, a manosear a los modelos... y volvía al cuadrito luego de uno o dos meses, con más pinceladas... Por ahí hay una libreta con quinientas verdades imprescindibles. Quinientas verdades para no enloquecer. Ese sería un buen título, ¿no?: *Quinientas verdades para no enloquecer*. Obra mía, para mi uso personal. Perfectamente publicable. Quinientas oraciones muy parecidas a las que ya le mencioné. Todos los días hago el pequeño ejercicio de repasarlas, de la primera a la última, sin saltarme ninguna. Claro, jejeje, ¡esa es una forma de estar loca! ¿A quien se le ocurre repetir a diario: «Virginia Woolf era una lesbiana que escribía aceptablemente y un día le dio por suicidarse», o «El problema de Oscar Wilde con Bosie consistió en que, a diferencia de Bosie, Oscar tenía el pene muy corto», o «Para la vida humana, el Teorema de Pitágoras es algo tan inútil como el Principio de Incertidumbre de Heisenberg», o «Lo real no es lo real, sino el proyecto de lo real, según la Teoría de la Inteligencia Autonómica de Sandor Frears»... En fin... Espere... Uf... Las fresas me ayudan a digerir la cena, ¡pero tan lentamente! Voy a decirle una cosa, mi querido detective Don Sagaz: Charlie, el señor Carroll, era un buen hombre. Lo acusaron injustamente, ¿sabe usted? ¡Injusta-mente! Y con una mezquindad... Decían que era un pervertido. Un baboso... *Besotted with girls...* ¿Qué sabrían ellos de perversiones? Malvados. Ignorantes. Jueces de quincalla... Tuvo que abandonar la fotografía en su momento de mayor entusiasmo. La que sí sabía de perversiones era yo. Yo era la que inventaba ciertas posiciones. Él se ruborizaba. O reía muy nervioso, invadido por la vergüenza. Me decía: «A ver, Alice, suba ese brazo, por favor». (Me trataba de usted, para mantener cierta distancia.) ¿Y qué hacía yo? ¡Subía una pierna! Bien alto. Para enseñarle la piel de mis muslos. Él era un joven en sus treinta o treinta y dos años, creo. Tal vez tenía unos más. Todo un caballero. Apuesto y algo tristón. Esa mezcla me seduce... Me sentía entonces como una hija al lado de su padre, pero consciente, de la cabeza a los pies, de que aquel hombre *no era mi padre.* ¡Es lo que yo pregunto, señor Detective Avispado! ¿Ser un caballero implica acaso dejar de ser un hombre? Claro que no, claro que no. También estaba el problema de mi edad. Yo andaba por los ocho o nueve años. Nos vimos por última vez cuando ya había cumplido los once. Recuerdo la gracia angustiada con que él intentaba disimular sus erecciones. Le habría permitido convertirme en su mujer. Vamos, no ponga esa cara de rata envenenada... ¿Acaso no era yo, en mi imaginación, su mujercita? Con once años ya me pasaban ideas terribles por la cabeza. *A little hooker.* Dos días antes de cumplir doce perdí mi virginidad. Él se había ido ya. Espere... No me crea eso de la virginidad. Lo que en realidad perdí fue mi doncellez. Con un tipo de lo más vulgar, ¡pero lindo...! Era el nieto, ¡entrenado en West Indies!, de un antiguo armador de barcos negreros. Guardé mi virginidad como dos o tres años más. Por ahí quedan algunas fotografías. De aquellas fotografías, quiero decir. Hechas cuando él y yo todavía formábamos un buen equipo y yo soñaba con acariciar dentro de mi boca lo que se le marcaba debajo del pantalón. *Sorry.* La mitad de esas fotografías se perdió por ahí. Pero hubo otras que él mismo quemó. Las había hecho en un temblor, con demasiada rapidez, diría yo, y después no resistió verlas. Yo aparecía en ellas tan desnuda e inocente como... ¿Conoce *La pequeña bañista,* de Couture? No le prometo nada, pero en algún sitio de esta habitación anda un libro de arte con una buena lámina... A ver, usted es fuerte... alce ese lado del colchón y meta la mano... ¡Espere! ¿Quiere llevarse de aquí esta preciosa edición de *The Seven Pillars of Wisdom,* mi bola mágica, mi peluche y las fresas? Hay que proteger las pequeñas cosas. Meta la mano y cuando llegue al centro del bastidor palpe con cuidado.

Va a encontrar un sobre plástico. Dentro hay un cuaderno y una docena de imágenes que Charlie se negó a guardar y que yo protegí de su furiosa piromanía...

Legumbre se agachó, alzó la punta del colchón, muy cerca de donde se entrelazaban los flacos pies de Miss Liddell, y metió la mano hasta que consiguió avanzar trabajosamente centímetro a centímetro. Cuando pudo localizar el sobre, lo asió fuertemente y lo haló.

—¡Lo tengo! —exclamó mientras se incorporaba.

Pero la anciana había caído dentro del sueño de manera instantánea, sin darle tiempo a reanudar la conversación.

Se retiró con el sobre plástico hacia la butaca y, cansado, se abandonó en ella tras deslizarse por su amplio espaldar. Esperaría a que Miss Liddell despertara. De paso él mismo aprovecharía la ocasión para echar un sueñecito.

La de ella era una de esas inmersiones cortas.

La narcolepsia de las criaturas longevas.

Hasta que lo despertara con su ronquera y su afonía.

«Pero eso puede ocurrir cuando amanezca», intervino la voz.

«La vieja es una vividora aristocrática e ignominiosa, pero las personas así merecen un respeto que, por lo menos aquí, no voy a quebrantar», pensó el detective.

«Allá tú», dijo la voz.

«Déjame tranquilo», pensó él, acariciando el sobre.

«Abre eso ya, no seas tonto», oyó.

«Ella querrá hacer sus comentarios mientras veo las fotos», determinó.

«Despiértala», le propuso la voz.

«Cállate y no jodas más», le advirtió.

—¿Hola? ¿Hola? ¿Quién eres tú? ¿Tío Frank? ¿Tío Douglas? ¡Ah, el Investigador Cauteloso! Hmm... ¿Ya tienes el sobre? ¡Cuánta perfidia! ¡Uy, *good God*, estoy mojada otra vez! Y ahora, ¡a esperar hasta las nueve o las diez de la mañana! ¿Podrías encargarte de esto, queridito? ¿Sabrías cómo hacerlo? Deja, deja, ¡estoy pidiéndote demasiado!

—Puedo llamar a Verónica —sugirió Legumbre.

—Buena idea, *dear*, buena idea… Llámala, anda. Hazlo… ¡Qué vergüenza!

El detective dejó el sobre encima de la butaca y levantó el teléfono. Debajo había un cuadrado de papel grasiento con el número de la enfermería. Cuando se comunicó con Verónica, cuya voz era pedregosa y desvaída, le dijo lo que sucedía: Miss. Liddell navegaba en un pequeño océano de orines.

No tardó ella en tocar y entrar inmediatamente. Cargaba con unas sábanas dobladas y fragantes y otros enseres. Entre ellos vio Legumbre un pote plástico de talco.

—Buenos días, aunque no haya amanecido —dijo—. Estoy a su disposición.

—¿Viste qué buena compañía tengo hoy? —le preguntó Miss Liddell.

—Ya veo… ¿Lista para cambiarse?

—Espera hijita… Oye, cada día estás más linda. ¿Te has fijado —bajó la voz— en lo garboso que es este joven? ¡Deja ya al idiota ese del doctorete! Este sí que tiene para ti… jejeje… ¡Y bastante! Oiga, Don Sagaz, ¿no le parece que Verónica *is a nice-looking girl*? ¿Eh? Chica con encanto. Dígame, no se quede callado…

—Verónica Francisca ha sido muy amable conmigo y claro que es atractiva —aventuró Legumbre.

—¿Ves, hijita? Él mismo lo reconoce… Ustedes —los miró a ambos incorporando un poco la cabeza, que era un objeto fruncido y pergaminoso— no deberían perder el tiempo. Estoy segura de que no durarán tanto como yo… Yo, con algo de ajolote en la sangre, vengo de una época en que todo era más sólido y lo real coincidía punto por punto con la realidad. No existía posibilidad de confusiones. Había cuatro o cinco verdades esenciales y el mundo se podía palpar con las manos… ¡Aprovechen, niños!

—Miss Liddell… —objetó Legumbre, con pena.

—A ver, a ver… Esa butaca es un primor. Nunca la he usado, pero se ve que es muy cómoda.

—¿Qué quiere decir usted? —preguntó Verónica.

—Complázcanse y complázcanme… ¿Por qué no se desnudan y se entretienen un poco? Hay que saciar la curiosidad… Pero primero desnúdense, no es bueno empezar nada de eso detrás de la barrera de los vestidos. La naturaleza nos dio piel, que es límite y umbral, frontera y campo de batalla…

—¡Ay, Miss Liddell, qué va a pensar el señor Legumbre!

—Nada malo, niña. No va a pensar nada malo… Vamos, toma tu desquite…

—No me diga esas cosas, abuelita —le suplicó la enfermera.

—¡Yo no soy ninguna abuelita, zorra asquerosa! —estalló Miss Liddell inesperadamente, soltando un trozo de fresa que, desde su garganta, vino a aterrizar medio podrido ante los pies de Legumbre—. ¡Anda, golfa! ¡Anda ya! ¡Ve a revolcarte con el estúpido del doctor! ¡Puerca descerebrada, hija de la imaginación escrofulosa! ¡Desperdicio lleno de infecciones! ¡No sabes ni sabrás nada del amor!

Verónica salió de la habitación casi corriendo y el detective quedó clavado en el suelo, sin saber qué decir.

—Acerque la butaca, Don Perspicaz. Vamos a ver esas fotografías.

Un tiempo sin noción de su transcurrir envolvió a Legumbre y lo separó del tiempo real. Miss Liddell pespunteaba, con una lucidez fantástica, cada una de las imágenes. Y el visitante comprobó que, salvo una o dos, el resto de las fotografías rozaba el escándalo sin adentrarse en él.

—La enfermerita va a ser suya cuando a usted le dé la gana —divagó la anciana en tono de reflexión.

Legumbre consideró oportuno bordear el asunto. Ni perdía ni ganaba.

—¿Usted cree, Miss Liddell?

—*Of course, my child!* Tengo buen olfato… A la zorra se le abre la cosita sólo de hablar un minuto con usted. No pierda el tiempo y enrédese en sus brazos. En definitiva nada le costará romper los débiles nudos que lo atarán a ella cuando su avidez de hembra se colme… *You know? She is a good pussy.* Y despreocúpese del doctorete despreciable. Ese es marica de alma, o tiene todas las condiciones para serlo.

—¡Qué cosas tiene usted!

—Hmm… Experiencia…

—Confío en su saber.

—*Indeed…* Pero no me dice usted nada de las fotografías de Charlie.

—Asombrosas. Pero hay dos que…

—¿Que qué?

—Puro fuego.

—Hmm… Eso creía mi Charlie. *My pale Charlie…* Por eso pensó en ofrendarlas a la estufa de su pequeño estudio de Oxford.

Dentro del sobre quedaba el cuaderno al que Miss Liddell se había referido. Cuando lo tuvo en las manos, al detective le pareció que se trataba de una edición muy antigua.

—¿Y esto? —le preguntó a la anciana. No se atrevía a abrirlo.

—Es un viejo tratado sobre los crímenes. Sobre ciertos crímenes —puntualizó Miss Liddell—. Lo conservo como prueba de la relatividad de todas las ideas morales que atenazan al ser humano. *Reality is nothing but an obsession…*

—¿Usted está segura? —dudó Legumbre con una sinceridad rayana en el candor.

—…*that takes hold of us…* Hmm. ¿Eh? ¿Que si estoy segura? ¿Segura de qué?

–De que todas las ideas morales son relativas.

–¡Desde luego, Policía Sutilísimo! Mire… Le presto esa joya. Léala despacio, con cuidado. Saboree las explicaciones. Medite sobre ellas. Pero no se me tarde demasiado. No sé qué día es hoy. A ver… Devuélvame el libro pasado mañana. Sin falta.

–Empezaré a leerlo cuando regrese a mi habitación –prometió Legumbre y abrió el cuaderno–. Esto va a interesarme mucho.

Había visto el título en el ajado primer folio, una frase como una monstruosidad iluminada por un flash: *Sobre la artisticidad del delito.* Letras de color ocre oscuro sobre un resistente papel de hilo sin repelar. Era, según Miss Liddell, la traducción al inglés de una obra italiana escrita en los tiempos en que Christopher Wren se enfrentaba, con planos y cartabones, a los desastres dejados por el incendio de Londres.

–Sé que ese libro va a atraparlo –dijo ella.

Y cerró los ojos con naturalidad.

Y se durmió al instante.

Legumbre aspiró el aire de la madrugada y volvió a echarse en su cama, fijos los ojos en el techo impoluto del cuarto. A su lado, con sus insolentes tapas rojas bajo la luz atenuada, aquel libro parecía inocularle una especie de veneno lánguido, narcotizante y amargo. Soñó con Valaria. Ambos se encontraban en la plaza del mercado de un templo budista, al pie de unas montañas azules. Había un ancho jardín en forma de herradura, y Legumbre admiraba allí el crecimiento irrestricto de unas plantas incoloras que trepaban por encima de las piedras. Aunque el paisaje era toda una convención de índole escenográfica, la dramaturgia de los hechos contribuía a conformar una cordial insensatez. Scardanelli devoraba unas piltrafas de carne de venado y la niña lo arrullaba, sentada entre macetas de plantas ornamentales de papel, que estaban en venta. A su alrededor se habían aglomerado los eunucos del Soberano Purpúreo y le hacían preguntas sobre el origen de Scardanelli.

Entonces ella les contaba la historia del carnívoro y fálico bicho y los eunucos la reverenciaban y aplaudían.

Despertó hambriento, con el sol bien alto.

«Magnífico día para cazar brujas», escuchó.

«Brujas como esa viejuca libidinosa y toda meada», aceptó.

«¿No decías que una mujer como ella merece respeto?», preguntó la voz.

«Mal rayo la parta, es una impostora inteligente, pero loca como una cabra», pensó.

«Aunque bien pudo haber sido la niñita hija de puta que se hacía fotografiar por el matemático de Oxford», calculó la voz.

«Imposible vivir tanto. Y, además, le faltan como diez o doce tornillos», recapituló el agente.

«Habrá disfrutado de una salud excepcional», propuso ella.

«No lo dudo», dijo él.

«En su locura hay toques de genialidad», insistió la voz.

«Bueno, no todo el mundo lee *The Seven Pillars of Wisdom*», observó el detective.

«Claro… y como tú ya lo leíste», rezongó mordaz.

«Por supuesto», dijo él.

«La tal Verónica no está nada mal, ¿verdad?», se adelantó la voz. Era muy hábil en cambiar de asunto.

«No es cosa tuya», pensó Legumbre.

«Me gustaría saber si de veras la viejona tiene razón en lo que dijo», confesó ella.

«¿Razón en qué?», preguntó él.

«Si la enfermerita es o no es una ninfómana, una marrana, una desbocada», caracoleó la voz.

«Esos calificativos no fueron los que ella usó, no pretendas embaucarme», se distanció Legumbre.

«Para el caso es lo mismo: la llamó *puerca escrofulosa* y tienes que reconocer que la vieja es muy imaginativa», citó la voz.

«Lo más probable es que Verónica no sea lo que Miss Liddell dice que es», dijo él.

«Pero tú piensas que no estaría nada mal que lo fuera. Y con el añadido de que tiene muslos de horqueta», oyó.

«¿Y eso que tiene que ver?», pensó el detective.

«Que si ella cede, podrás darle cabilla todo el tiempo que te plazca», dijo la voz.

«Qué indecencia acabas de decir», la amonestó Legumbre.

«En fin, tú sabrás», dijo la voz y desapareció.

El comedor de la Residencia Morgan es un conjunto un tanto laberíntico de saloncitos ovales. Todos están pintados de un naranja subido y en cada uno hay cuatro mesas circulares con manteles verdes. Los techos son de acrílico azul pálido, abombados como burbujas, y dejan pasar una luz algo irreal. El autoservicio funciona de modo ejemplar y Legumbre se prepara un desayuno algo apartado de su norma.

El doctor Ingotus se acercó a él.

–Veo que ha preferido el jugo de melón al café con leche –dijo.

–La leche no me hace bien –le explicó Legumbre.

–¿Y qué le pareció la facundia de nuestra Miss Urea?

–Un fenómeno muy curioso, a decir verdad –compendió Legumbre–. Usted debió advertirme.

–Pero la tenemos aquí y eso es lo que importa –dijo el doctor con una jactancia muy demagógica–. La Residencia Morgan ya figura en la lista básica de Instituciones de Asistencia de Nivel A del Consejo de Europa.

El detective mordió un trozo de bacon remojado en yema de huevo. Hasta él llegó el olor del café recién hecho.

–Qué orgullo, ¿eh? –comentó sin dejar de masticar.

–Seguro –afirmó el doctor.

Terminó el desayuno, buscó una taza de café y regresó a la mesa. Ingotus lo observaba en detalle, a través de una sonrisa trivial, como si anhelara arrancarle algún secreto.

—Bueno… ¿Y qué ha preferido usted? ¿La lectura, las películas? Le recomiendo el gimnasio, aunque me temo que, a pesar de su profesión, lo suyo es el esparcimiento sedentario.

—El café es bueno —opinó disruptivo Legumbre.

—El de las mañanas, sí. El de las tardes, no tanto.

El detective adelantó la cabeza, dispuesto a adoptar un tono confidencial:

—La señorita Verónica es muy eficiente.

—¡Uhhhh! —soltó el doctor—. Figúrese, ¡ella es mi brazo derecho! Aunque a veces es un poco entretenida y tengo que aplicarle mis correctivos. En fin, nada del otro mundo… Pero usted podrá imaginar que, en una institución como esta, ciertas negligencias no se pasan por alto.

Legumbre imaginó a Verónica desnuda y atada a una de las columnas del portal de la entrada de la Residencia Morgan, y pudo ver a Ingotus con un largo y fino rebenque, azotándola parsimonioso e inexpresivo en presencia de todos los internos.

—¿Y usted la castiga con frecuencia? —se atrevió a indagar.

Ingotus lo miró medio burlón.

—No, no con frecuencia. Pero sí. La he castigado. Me he visto obligado a hacerlo. Con dolor, créame. Y sin otra alternativa.

—¿Por irresponsabilidad, o por simples travesuras?

—Dejemos a un lado la irresponsabilidad, que se explica sola. Lo que usted llama travesuras es un conjunto de irreverencias… Desajustes de conducta. Audacias. Bueno, no estoy expresándome con exactitud. Piense en esto: hay actos normales que, vistos desde la perspectiva de la reiteración, se convierten en motivo de inquietud. Y ella es muy reiterativa —explicó el doctor enigmáticamente.

Legumbre no se aventuró a pedirle que fuera más específico. Recordó los insultos de Miss Liddell y cambió de asunto.

—¿Qué tal es el gimnasio?

—Muy moderno —dijo Ingotus—. Y con un terapeuta de lo más competente.

—Luego iré a visitarlo —prometió—. Ahora voy a leer un poco.

—Detrás del gimnasio hay una casita de madera que también pertenece a nuestra Residencia. Allí radica el Gremio de Criadores de Aves Canoras. Estoy seguro —afirmó el doctor con una sonrisa equívoca— de que le complacerá mucho oír las teorías que maneja su Presidente.

—Curioso —evaluó Legumbre.

—Más que curioso —rectificó Ingotus—. Lléguese por allí cuando salga del gimnasio. Así conoce al señor Floresta.

Se despidió de Ingotus sin efusión, casi fríamente, y regresó a su cuarto en busca del libro de tapas rojas.

Se echó en la cama sin decidirse a hojearlo, rozando la porosidad de la gruesa cartulina. El desayuno inhabitual le transmitía a Legumbre una suave pereza, y se dijo que, aunque El Cairo y las delicias de Ada-Bama-N se encontraban muy lejos, el agobio de sus asuntos policiales, dentro o fuera de la Central, era un mal en lontananza que de momento no podría alcanzarlo. Entonces, impulsado por su sentido de la disciplina, empezó a leer.

Cada vez más interesado.

Y más horrorizado.

Porque *Sobre la artisticidad del delito* era, en efecto, una colección de crímenes malsanamente justificados.

(La escabrosa suntuosidad de los detalles.)

A su mente regresó la imagen de Valaria desnuda. Recordó la embriagadora despreocupación del señor Baranda. ¡Hasta le había dicho que lo envidiaba!

Aseguró la puerta, buscó *su* película, la insertó en el reproductor y bajó todo el volumen. En realidad no la había visto aún sin interrupciones, de principio a fin.

Terminó excitado.

Muy excitado.

«Esa es tu chica, definitivamente», dijo optimista la voz.

«Mi mejor pesadilla, querrás decir», caviló Legumbre mientras escondía la rigidez de su pene entre los muslos.

«Sí, sí… Cómo no», entonó ella.

Dejó todo en orden, se puso ropa adecuada y se marchó al gimnasio.

Halló una moderna instalación con paredes corredizas de plástico, techos abatibles a dos aguas, y un montón de aparatos. El terapeuta, hombre de unos atléticos cincuenta años, se movía con agilidad sobre el parquet, entre siete u ocho usuarios, tomando notas en una libreta con forro de piel. Legumbre no se sentía ajeno a la práctica de ejercicios físicos, sobre todo en el gimnasio de la Central, pero nunca había podido sistematizar sus visitas. Además, el de la Central era un salón harto bullicioso donde predominaban mujeres de miradas insolentes y jovencitos recién salidos de la Academia, ávidos de cultivar una configuración muscular que a él le parecía una necedad bastante ambigua.

Pisó el parquet y avanzó procurando no tropezar. El terapeuta se volvió hacia él y lo recibió con afabilidad.

—¿Quiere perder unos kilos, o mantenerse en forma? —le preguntó.

—Supongo que mantenerme —contestó Legumbre—. Aunque nunca está de más perder unos kilos.

—¡Ja!… Sólo bromeaba… ¿Algo de estrés, necesidad de fortalecer las articulaciones, desintoxicación a través del sudor? —divagó—. Aquí también se hace un poco de vida social y todo es muy tranquilo. No soporto los gritos. Y de las descomposturas, ni hablar…

—Me gusta —señaló Legumbre mirando a su alrededor.

—Magnífico. ¡Bienvenido!

—¿Puedo usar los remos?

—Por supuesto… Inteligente elección. Después hablamos.

Y se marchó a hacer algunas rectificaciones.

Los remos le hacían bien a Legumbre. Era el tipo de ejercicio de cuya monotonía extraía no sólo un ritmo, sino también una especie de experiencia de ensoñación. Su mente iba independizándose de su cuerpo, y al rato conseguía elevarse. Cuando se dio cuenta de que ya estaba tocando las luminarias de la techumbre, se deslizó a todo lo largo de las ranuras, por donde el sol se filtraba con elegancia, y salió a contemplar el mediodía. Los espacios en derredor, apenas con algunas irregularidades, protegían el sigiloso aislamiento monacal de la Residencia Morgan.

–Buenas tardes –escuchó.

Verónica estaba a su lado, cruzada de brazos.

–Hola –dijo Legumbre, sorprendido.

–Le he dado las buenas tardes tres veces, pero usted estaba ido del mundo... ¿Le ocurre algo?

–Me distraje.

–Veo que se dio una escapadita –ronroneó ella, divertida.

Casi era una Verónica *topless*, con un short azul y unas zapatillas blancas. Legumbre admiró el cuerpo sudoroso, el busto de alumna florecida y los muslos cubiertos por un vello como acabado de acariciar concienzudamente.

«Ella tiembla como la última hoja de un árbol moribundo... Rígida por un momento, con una especie de tranquilidad loca en los ojos, una tranquilidad de la que ya se ha cansado... Ella es suave y cálida, sin peso... Su perfume es una promesa dulce que trae lágrimas a mis ojos... Anhela que alguien le diga que va a salvarla de lo que la asusta», declamó la voz con acento melodramático.

«La verdad es que lo tuyo no tiene nombre», pensó el detective.

«Sí, sí tiene. Eso se llama deseo... *Ganas... Gaaa-nnn-asss*», oyó.

«Buena memoria», dijo él.

«Es una película de morir... La he visto seis veces y el principio me lo sé de memoria», confesó ella.

«Te has puesto muy obsesiva», pensó él.

«¿Y tú? ¿No eres obsesivo?», reclamó ella.

«Claro que no, metiche», sostuvo él.

«No me digas... ¡Con las ganas que tienes de arrancarle el *top* a la enfermerita!», se burló ella.

El detective miró a Verónica:

—Los remos me hacen bien —explicó.

—Nuestro gimnasio es muy bueno, ¿verdad?

—Así parece —divagó—. ¿Y cómo le ha ido el día a usted?

—Como siempre, en la misma rutina —contestó ella.

—Me cuenta el doctor que aquí detrás hay un Gremio de Criadores de Aves Canoras... Fantástico, ¿eh?

—Nombre rimbombante... Sólo hay dos o tres jaulas y, eso sí: muchos proyectos —le explicó ella, desdeñosa—. El atractivo principal es el señor Floresta, que habla sin parar sobre el lenguaje de los pájaros.

—¡No quisiera encontrármelo! —anunció Legumbre con un guiño—. Pero me agradaría visitar el sitio.

—¿Quiere que lo acompañe?

—No me perdonaría nunca que Ingotus te regañara por mi culpa...

«¡Bobo! ¡Bobazo! ¡Dile que sí!», lo conminó la voz.

«Déjame a mí», pensó él.

—Siempre está increpándome. Es un hombre muy exigente.

—Pero cuando lo hace, no pasa de ahí, ¿o sí? —le preguntó el detective, pensando en el costado siniestro de las palabras del doctor.

Verónica quedó callada por un momento.

—Él tiene sus cosas, su carácter —dijo ella—. Pero siempre lo resolvemos todo de la mejor manera.

Legumbre anotó mentalmente la pausa de la enfermera y le dijo:

—¿Me esperas? Voy a ducharme y regreso enseguida.

Y así lo hizo.

Dejaba que el agua, proveniente de los manantiales que nutrían a la Residencia Morgan, se llevara el polvo de su cuerpo, el sudor, el leve cansancio, y aplacara su repentino hormigueo.

«¡Quién te viera!», dijo la voz.

«¿Por qué dices eso?», preguntó él.

«El estirado agente Legumbre, detective de primera clase, toma una ducha fría para bajar una erección causada por una enfermerita», ironizó la voz.

«¿Te refieres a esto?», le preguntó Legumbre, mirando su erguida pistola rosada.

«Estás muy bien dotado», observó ella con arrobo.

«Lo sé», dijo él, petulante.

Cuando regresó al salón, la enfermera dialogaba con un sujeto alto, muy delgado, que sostenía un montón de papeles y carpetas. Era un hombre miope y usaba gafas redondas, medio ahumadas.

–Señor detective, le presento al señor Floresta. Le decía que ya nos íbamos a visitar el Gremio…

–Ya me ve usted –resopló y examinó a Legumbre con una mirada caliginosa–. Ni siquiera puedo estrechar su mano. ¡Mucho trabajo! Las aves son exigentes. Pero desde ahora le doy la bienvenida.

«¿Te fijas? Todo el mundo te da la bienvenida», intervino la voz.

«Es normal», dijo Legumbre.

«No, no es normal», se empeñó ella.

«Piérdete, ¿quieres?», pidió él.

El Gremio radicaba en una casita de madera de tres habitaciones. Estaba pintada de azul marino, excepto las puertas y las ventanas, que ostentaban un blanco brillante. Parecía uno de esos solitarios enclaves costeros, retocados con arte por la acción del salitre y por el embate del aire.

–La lengua de los pájaros ha sido un enigma en todo tiempo y todo lugar –dijo Floresta mientras ordenaba los papeles encima de una mesa destartalada–. La gente cree que es un idioma universal intacto, inmodificado desde la fabulosa época del Simurg… ¡Pero no es así! En primer lugar, son muchos los idiomas de las aves. En segundo lugar, esos idiomas experimentan reformas como cualquier otro. Yo me dedico al estudio de las aves canoras, que son misteriosas criaturas capaces de enseñar al hombre el valor real de la naturaleza y la ética insobornable de los instintos…

El detective se sintió inquieto. Presentía que Floresta era uno de esos perorantes mucilaginosos que empataban un tema con el siguiente, sin darle tregua al interlocutor.

–Noble ocupación la suya –tanteó Legumbre–. Los animales saben más de nosotros, que nosotros de ellos.

–¡Cuidado! De ahí podríamos extraer una conclusión terrible –entonó Floresta.

–Sí, efectivamente –concluyó Legumbre–. La conclusión de que ellos son mejores que nosotros.

Floresta asintió. Su gesto, al hacerlo, era como el de un «sí» mudo, pero repetitivo. Movía la cabeza de arriba a abajo constante e imperceptiblemente.

–Las aves canoras no dejan de sorprenderme. ¡Y eso que llevo años entre ellas!

–¿Y tiene algún ejemplar para mostrarme? –indagó Legumbre–. La señorita me ha dicho que su colección es pequeña, pero contundente.

Verónica miró al agente y parpadeó en medio de una sonrisa.

–Ingotus ya andará buscándome –susurró con pudor.

–A esta hora suelo cerrar el Gremio –se excusó Floresta–. Pero si usted y la señorita Verónica regresan mañana temprano, les presentaré a Robespierre, un auténtico prodigio de loro matemático.

Cuando se despedían de Floresta, con la promesa de regresar al otro día, Legumbre olió la acritud del miedo en el aliento de la enfermera, que de manera brusca se había convertido en algo maravillosamente tibio y sensitivo. Y se sorprendió odiando a Ingotus, aborreciendo su cara compactada por la ineficacia, detestando su forma de mirar... Iban él y Verónica por los senderos de piedra, rumbo a la habitación del detective, y de pronto él vio *de veras* la nuca de ella y una especie de animal recóndito se aposentó en su corazón. El animal –signo larvado– empezó a circular dentro de su cuerpo y era como un diminuto pez, o como un cristal acabado de nacer que se disolvía en la sangre mientras se dejaba llevar por su íntima turbulencia.

–Debo regresar –dijo ella cuando vio que Legumbre la miraba sin acabar de cerrar la puerta.

–Quédate un rato y me cuentas cómo es el loro matemático del chiflado ese –le pidió él.

Verónica dio con timidez unos pasos y el detective volvió a *ver* su nuca.

–Cinco minutos –advirtió la enfermera desde un regocijo nervioso–. Después me marcho.

Ocupó la butaca y se pasó la mano por la frente.

–Hace calor –dijo Legumbre y se sentó en el borde de la cama.

–Tendré que darme una buena ducha antes de ir a la oficina de Ingotus –aclaró ella como para sí, sin mirar al detective.

«Dile que use tu baño», propuso la voz.

«¿Tú crees?», pensó Legumbre.

«No hay nada malo en eso», dijo ella.

«¿Y no sería un poco atrevido de mi parte?», reflexionó él.

«Continúas siendo el mismo retonto de siempre», oyó.

–Usa mi baño –le dijo a Verónica repentinamente envalentonado–. Hay toallas limpias.

A él le habría gustado estar en su apartamento, paseando la vista por su Rothko, cocinando ajíes rellenos en salsa verde y bebiendo sorbos de vino blanco helado, y que ella se le acercara por detrás, con intenciones de sorprenderlo, y que de veras lo sorprendiera con una frase alegre, «Te atrapé», y que él preguntara: «¿Quién es?», y ella respondiera: «¡La arañita peluda!», una identidad en la que quizás hubiera un símbolo del tipo de sexo que ella prometía ofrecerle. Y entonces él le habría preguntado: «¿Y me vas a picar, arañita?», y ella respondería: «No, ya te piqué… Sólo espero que mi veneno haga efecto». Y entonces él se volvería hacia ella, le bajaría el jeans y las imprevistas braguitas de algodón calado y le provocaría un orgasmo con la lengua. ¡Su primer orgasmo con él! En el estilo desaforado y feliz de Kitty y Marc en una vieja novela de Paul Auster.

Pero, en realidad, el agente Legumbre hizo algo que él mismo no esperaba hacer. Entró en el baño, tomó una toalla, la puso en el regazo de la enfermera, se inclinó un poco más hacia ella y la besó con cinematográfico estilo.

Cuando el beso terminó, ella dijo:

—No debió hacer eso.

—¿Por qué? –preguntó él.

—Porque conozco a Ingotus. Y aunque no tengo prueba alguna de lo que voy a decirle, sé muy bien que él haría todo lo posible por espiarlo a usted. Ahora mismo, en esta habitación, no sé cuántos ojos podrían estar mirándonos.

Legumbre se separó de la enfermera y regresó, un tanto pálido, al borde de la cama.

—Ya está hecho –dijo.

—Por supuesto que ya está hecho. Pero como yo soy una mujer amamantada por la fatalidad –declaró ella con énfasis–, voy a ducharme.

Y se encerró en el baño.

En las palabras de Verónica habitaba el movimiento de una espada.

«Sorpréndela cuando esté quitándose el jabón», le aconsejó la voz.

«Yo soy un hombre respetuoso, no olvides eso», caviló Legumbre.

«¿Sabes una cosa? A veces no sé qué hacer contigo», oyó.

«No hagas nada… O esfúmate», le propuso él.

«Si te quitas la ropa ahora y te le apareces en la ducha, todo será más fácil», explicó ella.

«Preferiría esperar a que salga», reflexionó Legumbre.

«No seas paranoico… Ingotus no está observándote», lo consoló la voz.

«No quiero pensar en eso», dijo Legumbre.

«Ni falta que hace», dijo ella.

«Cámaras… ¡cámaras!», susurró él.

«A ver, pedazo de bobo, hombrecito desdichado… Repite conmigo: *No hay cámaras… No hay cámaras… No puede haber cámaras… No puede haber cámaras…*», volvió la voz a consolarlo.

«Ya… Para ya», dijo él.

Cuando el chorro de agua dejó de oírse, el detective tomó aire y miró hacia la puerta del baño. El silencio era en verdad abrumador. La puerta empezó a abrirse con lentitud y algo muy raro sucedió entonces: quien estaba allí, de pie, desnuda, no era Verónica Francisca, sino la pequeña diabla de Valaria.

Pero esto no pasaba de ser una incómoda alucinación.

«Vicioso», dijo la voz.

La imagen de Valaria persistía con una luminosidad amortiguada que le daba consistencia a su cuerpo, pero al cabo fue Verónica quien se acercó a él, le devolvió el beso y se acomodó en la butaca, sin preocuparse por el agua que manaba de su pelo. Levantó los muslos, los enganchó en los gruesos brazos afelpados y se recostó con una prudencia que rayaba en el desconsuelo.

—Ve a lavarte las manos —le dijo con severidad al detective.

Aunque no comprendía casi nada, Legumbre lavó sus manos cuidadosamente. Cuando regresó del baño, vio que ella empuñaba un frasco plástico de cuyo origen él no tenía la menor idea.

«Ten cuidado, ella sí es una chica estrambótica», observó la voz.

–Toma esto, es gel para penetraciones anales –dijo Verónica con una atroz frialdad–. Hazme un *fisting*.

Legumbre contuvo la respiración y ella se dio cuenta de que las cosas empezaban a ir mal, pues él no se hallaba ni remotamente al tanto de sus costumbres.

–Por motivos que no voy a enumerar ahora –le explicó al detective–, he tomado por norma evitar ciertas maniobras del sexo. Tu cosita no entrará aquí –se tocó el pubis– ni en ningún otro agujero de mi cuerpo. Absolutamente en ningún otro. Si quieres, te masturbo con esto. Es un lubricante inocuo y muy eficaz. Y tú me harás un *fisting*. Sólo un *fisting*. Pero por la vagina y con la palma de la mano vuelta hacia arriba, para que palpes donde hay que palpar. ¿Entiendes bien todo?

«No se te ocurra negarte, puede ser peligroso», dijo muy seria la voz.

Ensimismado, el detective se desnudó completamente y destapó el frasco. Lo viró y lo apretó hasta que el gel, sin olor de ninguna clase, se acomodó con perfecta viscosidad en la palma de su mano.

–No eres una *shaved-pussy girl* –alcanzó a decir sin asombro, como para él mismo.

–Hay que protegerse –le explicó Verónica al escuchar el reparo–. Eso de pasar una navaja por ahí me parece una salvajada.

Se abrió un poco la maleza del pubis y le mostró a Legumbre la entrada del canal.

–¿Me dejas acariciarte con la lengua? –propuso él, recordando su ensoñación.

–Ni se te ocurra –protestó ella–. En tu boca, ¡en cualquier boca!, hay gérmenes que no se llevan bien con esta corola mía.

–De acuerdo –susurró él.

Transcurrida la fase de ablandamiento de la vulva, cuando el falo de Legumbre tenía la dureza de un fresno florido –variedad que usaban los aqueos para construir sus lanzas–, la mano cariciosa se transformó en mano penetrante. Primero fueron dos dedos, luego tres y por último cuatro. Exacto como una oruga cabeceante, el pulgar se abstraía en el clítoris.

–Rebasa… Rebasa –murmuró la enfermera.

Legumbre entendió. Retiró un poco los dedos, reacomodó el pulgar y la mano quedó presa hasta la muñeca dentro del canal.

Empezó a darle vueltas, a hacerla girar. La respiración de Verónica se convertía en un jadeo. Cuando el detective llegó hasta la mitad del antebrazo, miró el rostro contradictoriamente apacible de la mujer.

–Sigue –le dijo ella–. Hasta el codo.

«Ingotus es un bebé dormido al lado de esta hechicera», observó la voz.

«Miss Liddell tenía razón», reconoció Legumbre.

«Castígala un poco», le propuso la voz.

«Por primera vez estamos de acuerdo en algo sin discutirlo», pensó él, invadido por el pesar y el deseo.

La mano cerrada en puño y el antebrazo entero entraban en Verónica y salían de ella con la desenvoltura que el gel proporcionaba.

«¡Ahora!», silbó la voz.

Legumbre sintió las cosquillas del pelo púbico en el codo y entonces, como en un sueño muy excéntrico, dobló con habilidad la articulación y metió en el cuerpo de Verónica una parte del brazo, casi hasta el hombro. «Esto no está bien… nada bien», se dijo aterrado, pero sin abandonar su desafuero, a punto de tenderse en el piso a causa de la incómoda postura. Estaba obligado a mantener brazo y antebrazo casi completamente rectos.

«La vas a matar si sigues haciéndole eso», oyó.

«A ella le gusta», contestó él.

«Saca el codo», le ordenó la voz.

Legumbre sacó el codo y la presión de la vagina cedió bastante. Mantuvo el resto, hasta la mitad del antebrazo, dentro de Verónica.

—Conserva el ritmo, por favor —dijo ella.

El rostro se le había enternecido, pero la frase había sonado con una especie de eco metálico. En ese instante el detective sintió una sacudida —como si todas las cosas, incluyendo la habitación, hubieran girado sobre sí mismas–, y comprendió que le resultaba imposible saber si, en realidad, había hecho lo que recordaba haber hecho, o si su recuerdo era el testimonio fiel de un arrebato. Aun así, estaba esforzándose por mantener el ritmo que Verónica necesitaba, y su erección continuaba allí, notablemente humedecida a causa de tantas artimañas sin compensación.

—Te vas a venir como una locota sucia —murmuró Legumbre.

Nunca antes había dicho algo así.

—Soy una cochina… mira… —tembló Verónica–. Ya estoy viniéndome…

Aquel era el orgasmo más gráfico que el detective había visto en toda su vida. Largos y fuertes hilos de baba surgían de la vulva, aferrados a la mano de Legumbre. Sin embargo, como «toda su vida» se agrupaba —en lo que a orgasmos concernía— fundamentalmente en su etapa anterior al trabajo en la Central, una intrepidez semejante a la de Verónica sólo podía clasificar entre las que casi había olvidado, cuando se enredaba en el malecón con ciertas filibusteras cuyas formas iban borrándose ya de su memoria.

Todo terminó y ella volvió a ser, de manera paulatina y hasta lánguida, la rutinaria persona que necesitaba acudir a la oficina del doctor Ingotus para que este no la reprendiera. El detective se lavó las manos, sin perder el asombro ni renunciar a sus preguntas pendientes, y ella le dio un uso muy local a la regadera de la ducha, pero con el desembarazo de las amas de casa que están por irse a trabajar y no tienen tiempo de recrearse en el maquillaje. A él le causó gracia, como si hubiera acabado de ver una de esas comedias de terror que están llenas de sexo y exhiben, muy orondas, sus imperfecciones.

La lanza de fresno se había transformado ya en una evasiva cachiporra anhelante.

Cuando Verónica se marchó rumbo a la oficina del doctor, Legumbre se tiró en la cama a pensar. Pero de la cavilación y el intento de ordenar lo que había experimentado, pasó al sueño. Por suerte allí todo era suave y tranquilo. Hasta que el timbre del teléfono lo despertó con rudeza. «¿Usted no va a almorzar hoy?», escuchó. Tardó en reconocer la voz de la enfermera. Ella le hablaba como si nada. «No me diga que no tiene costumbre de almorzar», agregó con una vocecita simplona. «He perdido el apetito», explicó Legumbre. «Si usted me autoriza, yo misma le llevo un emparedado de pollo y un refresco de uvas», propuso. En ese instante él le habría dicho: «El emparedado y el refresco te los metes por el culo, carroña hija de puta», pero sólo atinó a contestar: «No te molestes, no tengo hambre ahora». Y colgó.

Se levantó, puso su película privada, que lo sumía en la extrañeza de contemplarse como si otro, en su lugar, estuviera allí, fornicando con una niña crecidita y experta, y regresó a la cama a mirar lo que ya conocía de memoria. Terminó masturbándose y volvió a quedarse dormido, hasta que el día declinó y la luz del cielo se transformó en una masa dorada. Entonces se levantó y comprobó con satisfacción que se sentía mucho mejor. La mancha del semen se había secado. Se sentó bajo la ducha, abrió los grifos y dejó que los chorros de agua a presión le cayeran encima hasta que una especie de rejuvenecimiento entusiasmado le llenó el interior de los músculos.

El comedor estaba iluminado con una combinación de velas de cera amarilla y luces indirectas. Había cierta elegancia en todo, y todo, además, olía a limpieza natural, a bosque de coníferas. En un rincón, muy cerca de él, el señor Floresta ingería un platillo de almejas con salsa rusa y rodajas de pan blanco. Al ver la copa de *rosée* que Floresta se llevaba a los labios, el detective se dio cuenta de que le agradaba la discreta imagen continental que aquel hombre ofrecía.

Escogió para sí un par de ruedas de atún en aceite, una ensalada de frutas, otra de vegetales y una crema de calabaza que era la recomendación especial de esa noche. Después supo que las calabazas eran cultivadas muy cerca de allí, a unos cien metros del Gremio.

Sólo una vez experimentó la compañía, y fue cuando Floresta, a pesar de su escasa visión, lo reconoció e inclinó su cabeza y alzó su mano para saludarlo.

Legumbre ocupaba una breve mesa personal, tan recoleta como la del Presidente del Gremio de Criadores de Aves Canoras.

Masticaba los alimentos y pensaba en Valaria.

Se preguntó por qué el ambiente del comedor le gustaba tanto, y se dio cuenta de que la luz era el atractivo principal. Sentía como si se hallara en medio de un crepúsculo detenido justo antes de su mayor resplandor.

Cuando vio entrar a Verónica en compañía del doctor Ingotus, sacó en conclusión que, pese al desencuentro, nada mejor habría podido suceder ese día.

«Mañana debes devolverle el cuaderno a Miss Liddell y visitar a Floresta en el Gremio», le recordó la voz con mucha suavidad.

«Serán visitas de mucho agobio, tengo esa sospecha», se preocupó Legumbre.

«No gimotees… Después recogerás tus cosas y te largarás», señaló la voz.

«¿Quién te ha dicho eso?», protestó Legumbre.

«Hace un momento tomaste esa decisión», dijo ella.

«Todavía debo descansar, antes de irme a El Cairo», dijo él.

«¿A El Cairo? Si es que por fin vas», dijo ella con petulancia.

«¿Qué te ocurre hoy, eh? Puedo irme de aquí mañana, si me da la gana, o pasado mañana, si me da la gana, o dentro de un mes, si me da la gana… Compro un boleto y el mismo día aterrizo en el Barrio de los Embalsamadores de Tebas», imaginó lleno de determinación.

«¡Así! ¡Así me gusta! ¡Valor ante todo! Pero sucede que te irás, efectivamente, aunque no a El Cairo, sino a tu apartamento… Jejeje… A encontrarte otra vez con la pequeña», vaticinó la voz.

«Sabes que no quiero volver a relacionarme con esa asesina lujuriosa», dijo Legumbre.

«Anjá, es verdad… Pero también es verdad que la susodicha hace cosas muy ricas en las que no puedes dejar de pensar, especialmente después de la egoísta artificiosidad de la enfermerita, esa mujer medio macabra que, en tu modesta y secreta opinión, sería el regalo perfecto para algunos tratantes de África del Norte», se explayó la voz.

El detective terminó su cena y se dispuso a salir de allí, rumbo al aire de la noche inminente. Se le había ocurrido la idea de visitar la linde del bosquecillo antes de la ocultación del sol, cuando las frondas se llenaran de una regia lobreguez. Pero Verónica e Ingotus lo interceptaron. El doctor lo saludó sin decir ni media palabra.

–Recuerde, señor Legumbre, que mañana visitaremos el Gremio –le recordó ella con aire más bien hierático–. ¿Preferiría que lo despertáramos a alguna hora en específico?

«¡Dios mío, pero si es una descarada!», exclamó la voz.

«Una descarada peor que la otra», rectificó Legumbre.

«¿Peor que quién?», preguntó ella.

«Ya sabes… Peor que Valaria», dijo él.

«Valaria practica el cinismo, no el descaro… Es una zorra cruel, no una sabandija», objetó la voz.

Le dijo a Verónica que no. Él se despertaría solo.

Visitó el borde del bosquecillo sin atreverse a entrar en él. Había visto formas pálidas que deambulaban por entre los árboles sin propósito aparente. Eso lo ponía nervioso. Y se marchó a dormir.

Extrañas imágenes invadieron su sueño. Imágenes y voces a las que se añadían ruidos que varias veces lo hicieron saltar de la cama, en busca de un agresor impreciso y monstruoso. Y fue después del amanecer, cuando ya el sol ascendía como una presencia que borraba la angustia, cuando el verdadero sueño asaltó el cuerpo y la mente de Legumbre, obligándolo a dormir por espacio de unas horas.

Abrió los ojos al sentir los nudillos de Verónica chocando con insistencia contra la puerta. No podía ser nadie más que ella. Cuando abrió, la enfermera entró como si nada en la habitación y se sentó en la butaca.

–Voy a esperarte –dijo.

Aquel tuteo era inaceptable, pero a esas alturas de su historia personal con ella, y acabado de despertar, al detective le daba lo mismo.

–La butaca debe de estar húmeda todavía –supuso él.

Empezó a vestirse. Hubo unos segundos en que compareció totalmente desnudo. Unos segundos durante los cuales comprendió que la procacidad y la distraída impudicia surtían efecto en el amor propio de Verónica.

–¿Vas a vestirte o vas a exhibirte?

–Yo me visto muy despacio –explicó molesto, al sentir el merodeo de una erección que no llegó a producirse.

–Cuando regresemos de la visita a Floresta voy a ajustarte las cuentas –amenazó ella de un modo risible y absolutamente inverosímil.

En el azul marino de la fachada del Gremio había una pizca de verde que a Legumbre le supo bien. Contempló, un tanto melancólico, el brillo de la pintura reciente y empujó, sin antes llamar, uno de los batientes. Floresta estaba inclinado sobre unos papeles y movía los labios como quien lee para sí.

–Hola –saludó Legumbre.

–¡Hola! –exclamó el Presidente–. Creo que Robespierre está listo para recibirlo a usted y a la señorita.

Dijo esto último en tono confidencial, sin mirar a Verónica, como si Legumbre supiera a qué estaba refiriéndose.

Avanzaron hasta el fondo de la casa y, a un ademán de Floresta, se detuvieron ante una mesa baja donde había un objeto cubierto por una sábana deshilachada. Cuando Floresta retiró la sábana, Robespierre, el loro matemático, lanzó un chillido de sorpresa y erizó las plumas del cuello.

–Ha dicho «Buenos días» –explicó Floresta.

–¿Pero de veras usted entiende lo que dice? –preguntó Legumbre.

–Lo entiendo todo –se ufanó.

–Pregúntele cuánto es 232 por 544 –pidió Verónica.

–¡Pregúnteselo usted misma, vamos! –sonrió Floresta–. Él estará encantado de responderle.

–A ver, Robespierre...

–Un momento –la interrumpió el Presidente–. Dígale Robby. Es como a él le gusta que lo llamen.

–A ver, Robby... ¿Podrías decirme cuánto es 232 por 544?

El loro volvió a chillar, esta vez de un modo menos agudo y con una especie de afinada entonación.

–Dice que el resultado es 126208 –tradujo Floresta.

Legumbre lo miró desconcertado y se llevó una mano a la barbilla.

«O el tipo es un sinvergüenza, o tiene los cables cruzados», dijo la voz.

«Es un pobre charlatán», lamentó Legumbre.

«Lástima de animalito. Deberíamos crear un comité por su libertad inmediata», comentó ella.

El detective vio que aquella visita no daba para más y le agradeció mucho a Floresta por recibirlo.

—Me quedaría otro poco, pero tengo cosas que hacer antes de marcharme —le confesó al orgulloso Presidente.

—¡No me diga que se nos va usted! —gritó Floresta— Quédese unos días más y hasta le enseño a interpretar los sonidos...

—No puedo, debo empezar a trabajar —se disculpó el detective.

El rostro de Verónica era como de piedra fría.

—No me dijiste nada de eso. Así que te escapas... —silbó.

—No discutamos aquí —le propuso Legumbre—. Él no entendería nada.

Haló al detective por la manga de la camisa.

—Qué perro eres —susurró—. Un perro traidor e ingrato.

—Déjame ya —le pidió él.

—Eres astuto, sin duda —repitió ella. La mujer menesterosa e impulsiva que existía dentro de su cuerpo había tomado posesión de su identidad y la obligaba a apretar los dientes con rabia.

—Por favor —dijo Legumbre.

—Voy a hacerte una propuesta —anunció la enfermera en un tono bajo que parecía distinto—. Si te dejo que me hagas lo que quieras, ¿te quedarías?

Floresta agarró la sábana, la extendió y la sacudió con intenciones de desempolvarla un poco. Antes de que la jaula quedase tapada, Legumbre se dio cuenta de que Robby tenía en la pata izquierda un anillo de propiedad con unas letras cursivas.

—Espera, ahora te contesto, ¿eh? —le prometió a Verónica y se separó ágilmente de ella para acercarse a Floresta.

—¿Me deja ver el anillo de Robby? —le pidió.

La sábana casi caía encima de la jaula, o más bien cubría ya la parte de arriba. Floresta ignoró la petición. Era medio sordo, o se hacía el sordo.

Se volvió hacia Legumbre y le encajó una mirada tranquila y condescendiente.

—No sé si mostrarle ese anillo que tiene Robby en la pata —dijo con una voz muy disminuida, casi como si moviera un puñal cerca del cuello del detective—. ¿Y si usted de pronto me dice que Robby es suyo? ¿O de un amigo que perdió un loro similar y cuyo nombre está ahí, en el anillo?

—Jamás he tenido ningún loro y mis amigos odian las aves domésticas —afirmó Legumbre.

—¿Seguro? —dudó Floresta.

—Su loro es la última cosa de este mundo por la que yo me interesaría.

Floresta captó el insulto, pero retiró la sábana.

—Bien, muy bien —asintió—. Acérquese.

Legumbre se aproximó a la jaula, que ya entonces se le parecía demasiado a las que usaba Valaria. Del loro brotó una mirada sucia y engrifada.

—Espero que no me dé un picotazo —dijo el agente.

—Querido —se dirigió Floresta a Robby—. ¿Dejarías que nuestro invitado, el señor Legumbre, examine tu anillito?

Aun cuando tenía dudas muy serias sobre la inteligencia de Robby, a Legumbre le pareció demasiado que este sacara la pata por entre los barrotes de la jaula. Turbado, se inclinó sobre el anillo y le dio vueltas. Verónica lo vio palidecer, y un brillo fatídico se aposentó en los ojos de Floresta.

—¿Complacido, señor detective? —le preguntó.

—Complacido —contestó Legumbre antes de soltar la pata del bicho—. Robespierre es un animalito sabio.

—Yo intentaba inducir en usted esa misma conclusión, si me permite el uso científico de la palabra *inducir*. Pero usted practica la incredulidad como un método y así no podrá llegar a ninguna parte, salvo que esa *parte* sea un lugar para el desengaño, que siempre trae consigo dolores y sufrimientos morales —le reprochó al detective mientras extendía la sábana y buscaba el mejor modo de acomodarla.

Cuando terminó de tapar la jaula, un rito durante el cual murmuró frases ininteligibles, Floresta se volvió hacia Legumbre con la intención de procurarse el placer de decirle que la visita había terminado. Pero ya el detective se iba del Gremio en compañía de Verónica. «Patán intratable», balbuceó el Presidente. Entonces levantó un poco la sábana y sonrió. «Ella sabrá qué hacer con él, ¿verdad?», le dijo al loro. Este emitió un graznido vil. «¡Impaciente! ¡Aquí está tu comida!», le contestó Floresta. Y puso dentro de la jaula un paquete de papel. Robby escarbó en él espasmódicamente y un reguero de vísceras manchó los finos barrotes.

IV.

Naranja de alba

Y esa es la razón por la que nadie ignora
que las estrellas son luces colgadas del cielo,
muchas de las cuales están muy cerca de nosotros...

Sólo cuando abrió la puerta de su apartamento y se dejó caer en la butaca que más le gustaba, tuvo el agente Legumbre una idea clara de los hechos más recientes. Durante el trayecto de regreso, esos mismos hechos ocupaban, en una especie de simultaneidad nauseabunda, un primer plano demasiado cerrado. Ahora, en el aislamiento silencioso de siempre, podía enfrentarse al desesperante rompecabezas en el que había estado a punto de perderse.

Porque, ciertamente, él habría hecho lo imposible por poseer a Verónica, se habría envuelto en su cuerpo, y más si ella, con una definida personalidad doble –una para el trabajo diario y otra para el sexo, lo cual no estaba nada mal–, accedía a hacer y dejarse hacer lo que a él le apeteciera. Se preguntaba si en verdad iba ella a cumplir su promesa cuando él renunciara a marcharse de la Residencia Morgan. Si estaba dispuesta a entrar en la ducha, remojarse, salir, exhibirse un poco, lanzarse sobre la cama de Legumbre y ofrecerse largamente a él. Y él, con rapidez, ya le daba vueltas a aquella promesa, ¡aquella suerte de delicioso chantaje!, cuando de pronto vio el resplandor medio apagado del anillo de Robespierre e inmovilizó todos sus pensamientos, todos sus cálculos, porque una corazonada de las peores se había deslizado por el segundo o tercer plano de su mente.

No era un barrunto hijo de la pesquisa, sino más bien un minúsculo anticipo de la verdad. Pero de todas maneras, por muy pequeño que fuese, para llegar a él algo debía de haber ocurrido, aunque se tratara de un proceso inconsciente y fugaz. Y así fue. La irradiación del anillo le dio en los ojos. Y abordó a Floresta, con la vislumbre ya en la sangre, y tuvieron aquel penoso diálogo sobre la importancia del loro y, por último, le agarró la pata al bicho y leyó la sospechosa inscripción.

Otra vez estaban allí aquellas palabras.

Otra vez Red Snake.

Había salido del Gremio precipitadamente, sin despedirse, como todo un maleducado incorregible, y detrás de él, dispuesta a no dejar que se le escapara, corría Verónica suplicándole que no caminara tan rápido y preguntándole, inútilmente, por qué ese apuro. Abrió la habitación, entró y se detuvo, mareado, en el centro de aquel íntimo espacio. Su imagen, recordaría después, era la del cazador ártico que, medio perdido, deja tras de sí vastas extensiones de nieve y comprende, de pronto, que se halla muy lejos de la costa y que el hielo empieza a rajarse. Contemplaba la miserable situación de un hombre solo, encima de un diminuto témpano a punto de fundirse. Un hombre solo y sin ventura, aguardado por un mar negro... Un mar de fatalidades deseosas de tragárselo.

La enfermera había entrado, había ceñido su cuerpo con fuerza por detrás —la mano, frenética y amarga como su dueña, introduciéndose por debajo del pantalón, en busca del sexo—, y él, consciente del significado de aquel asalto, le había dicho que no, que lo dejara tranquilo, que se marchara, que recordaba muy bien cómo su *fisting* se había convertido en algo monstruoso, difícil incluso de creer, y que no tenía la menor confianza en una hembra que invocaba gérmenes de todo tipo y se negaba al coito y al crucial restregueo de los líquidos. En ese instante, con una plúmbea mirada de incredulidad, ella lo sacudía, volvía a sacudirlo indignada, furiosa, y le decía que era él quien había renunciado a penetrarla, que era él quién decía aquello de los gérmenes de la boca *de ella* infiltrándose sigilosos *en su pene*, y que era él quien había preferido hacerle únicamente un *fisting* vaginal que la había dañado bastante pero que, en definitiva, se había prolongado hasta el orgasmo, un áspero orgasmo después del cual ella lo habría masturbado con un poco de gel, *si él hubiera tenido la valentía o el buen juicio de pedírselo*.

No entendió nada.

Nada de nada.

¿Sería cierto que las cosas habían sucedido así, y no como él las recordaba?

Sin embargo, ante la malsana reaparición de Red Snake, los demás hechos perdían importancia. Y, aun así, él quería estar seguro de esos detalles. Porque si lo que Verónica proclamaba era verdad, entonces...

«¿Entonces qué?», preguntó la voz.

«Entonces estoy volviéndome loco», concluyó Legumbre.

«No examines los hechos a la tremenda», le reprochó ella.

«¿Ah, no? ¿Y por qué no?», le preguntó esperanzado.

«Porque no estás loco... no lo estás. Además, al final los hechos ocurren como uno va recordándolos... Sólo tienes que esperar», vaticinó la voz.

«Qué consuelo me das», señaló él.

«Sólo tendrías que esperar», repitió la voz con intencionada lentitud.

«¿Esperar qué?», gritó él.

«Esperar a recordar... Esperar a recordar los hechos del modo en que quedarían fijados en tu memoria», le explicó la voz.

¿Sería cierto eso? ¿Que los hechos acaban ocurriendo según se muestran en el recuerdo y no según los registra el pretérito? ¡Qué fantasía! ¡Y cuántas consecuencias traía!

«El recuerdo y el registro objetivo del pretérito son al cabo una y la misma cosa», insistió la voz.

«Ojalá tuvieras razón… Pero oye, jejeje… Qué chiflada estás», se estremeció Legumbre.

«Hay demasiado tiempo por delante, tontito… Deja de preocuparte y concéntrate», le aconsejó ella.

Red Snake… ¿Un ciberloro?

Habría desbaratado la jaula a hachazos y le habría torcido el pescuezo al bicho hasta sacarle los cables y los circuitos. ¡A ver qué iba a decirle Floresta! Pero se limitó a abandonar rápidamente el Gremio, poner sus cosas en el maletín de mano, dejar encima de la cama (bien visible y con una breve nota explicativa) el cuaderno de tapas rojas de Miss Liddell, pagar los gastos de su corta estancia y, ya en el portal de la Residencia Morgan, despedirse de Verónica con una frase terriblemente cinematográfica:

—Lo siento, linda, pero ya no tengo tiempo para ti.

La tarde iba desplazando al día y Legumbre recibió con placer la tibia oleada de cansancio que el viaje lanzaba sobre su cuerpo. Allí mismo, en la sala, se quitó toda la ropa, excepto el calzoncillo, y, después de hablarle a su Rothko, saludar a su Newman y palpar a su Richter, se fue al cuarto de trabajo sin importarle el desorden que dejaba tras de sí, tan sólo concentrado en el disfrute que le proporcionaba la frialdad del piso. Se dejó caer frente al ordenador, insertó su película y la vio una vez más de principio a fin. Cuando se levantó, pudo apreciar que bajo el calzoncillo había un silencioso y húmedo combate. Entonces, como un autómata —el semen corría por el interior de su muslo izquierdo hasta hincarle un leve escalofrío en el tobillo—, bebió un vaso de agua, regresó a la sala, recogió las piezas de ropa y se metió en el dormitorio. Iba a desconectarse un rato del mundo antes de pensar en su viaje a El Cairo.

Pero no lograba conciliar el sueño.

«Abandona ese proyecto», dijo la voz.

«No tengo por qué», rebatió Legumbre.

«¿Para qué vas a El Cairo? ¿Para revolcarte unos días en Ada-Bama-N y acariciar las piedras de la Gran Pirámide? ¿Y después qué? ¿Piensas que con ese viajecito todo lo que tienes pendiente se va a esfumar en el aire, como por encanto?», dijo ella.

«Si pudiera echarte encima un chorro de gasolina, te arrojaba un fósforo encendido y terminaba contigo», declaró él.

«No seas malo… Eres tontito, pero no malo», se burló ella.

«Mejor un poco de alcohol… El alcohol es un combustible más fogoso», balbuceó él.

«¿Por qué? ¡Por qué! ¿Por qué, por qué, por qué?», jugueteó ella.

«Porque vuelves a tener razón y eso me disgusta», confesó él.

«¡Ah, envidioso! Bueno… de la manera en que veo la cuestión, sólo te queda un recurso, ¿no es cierto?», le preguntó, sarcástica, antes de desaparecer en el fondo de su sangre.

Legumbre se incorporó y se sentó en la cama.

Buscaría a Valaria.

Pero de todos modos necesitaba descansar.

Halló un somnífero de efectos sedativos y se lo tragó sin agua.

Volvió a echarse en la cama.

Cerró los ojos con disciplinada obstinación.

A los pocos minutos ya estaba dormido.

Y soñando.

En el sueño caminaba por el malecón y tropezaba con un grupo de pescadores que discutían alrededor de unos peces. El pescador más viejo, airado, decía que su pez sí era natural, no así los otros. Un segundo pescador le mostraba su pez al más viejo y lo invitaba a acariciarlo, a olerlo. Le proponía masticar un trozo de su carne para que se cerciorara de que el suyo también era un pez natural. Un tercer pescador hizo exactamente lo mismo. Y un cuarto. Y entonces el pescador más viejo alzó la cara y dijo: *Está bien, ustedes ganan, pero mi pez es el más natural de todos.*

Despertó cuando ya era de noche. El aire había adquirido transparencia y las estrellas se veían con claridad. Le agradó que en aquel sueño hubiera peces y que el malecón fuera un lugar solitario, interrumpido de vez en vez por aficionados absortos y figuras que miraban al mar fijamente, como si estuvieran vigilándolo. Y comprendió que no debía estar allí, encerrado sin hacer nada.

Se vistió con rapidez, cerró el apartamento y entró en uno de los elevadores. Cuando, ya abajo, se disponía a atravesar el área exterior de la piscina comunitaria, vio que el celador y el barman se paseaban enfrascados en un diálogo. Le extrañó que, al seguir de largo, pero sin el apuro de otros días, ninguno de los dos se diera cuenta de que era él quien merodeaba por allí, o que, aun dándose cuenta de que él ya había regresado, no lo abordaran para saludarlo y hacerle preguntas.

Salió a la calle y el viento nocturno lo acogió con benevolencia.

Como era relativamente temprano y sus gastos no habían rozado siquiera el presupuesto de su estancia en la Residencia Morgan, decidió caminar un poco antes de hacerle señas a un taxi. Una especie de perfume llegaba a él, impidiéndole ver los diversos peligros que la noche habanera ya empezaba a prodigar. Era una fragancia incierta y evasiva, pero poseía un sentido y una intención. Se detuvo en una esquina, persiguiendo la fragancia con la nariz, pero sólo advirtió el hálito de su propio sudor. Había caminado hasta allí sin percatarse del vacío de las calles ni de que marchaba a gran velocidad, subyugado por una impaciencia extrema.

Más adelante se alzaban unos edificios de oficinas cuyos plantíos estaban oscurecidos por algún desperfecto momentáneo de la iluminación exterior. Los altos fanales de vidrio, sembrados entre macizos de begonias, sólo devolvían el resplandor azuloso de la luna.

Por la otra acera, en sentido contrario, avanzaba un auto promocional. Desde su interior un hombrecito achinado y con un ojo de vidrio divulgaba el programa del concierto de Kiri Te Kanawa en ocasión del centenario de *El Caballero de la Rosa*. El hombrecito lo vio parado allí, en la oscuridad, y le hizo una seña. Legumbre se acercó resuelto.

—Buenas noches —dijo.

—Buenas —contestó el detective.

—En Prado y Malecón hay una venta de pósteres y grabaciones de Richard Strauss —le informó—. Si a usted le interesa...

Legumbre se encogió de hombros.

—Voy en esa dirección —le dijo al hombrecito del altavoz—, pero no me gusta Strauss.

—Permítame explicarle... Ni el programa de la Dama Kanawa ni la venta de grabaciones tienen a Strauss como figura exclusiva —insistió el hombrecito—. En realidad Strauss es un pretexto, aunque ella interpretará fragmentos de Octavia y de la Mariscala.

—Muchas gracias —sonrió el agente—. Me tengo que ir.

Iba a darle la espalda al hombrecito cuando este alargó ágilmente el brazo por la ventanilla y lo detuvo.

—¡Espere, señor! —exclamó con una modulante voz confidencial, haciendo resplandecer su ojo de vidrio—. Perdone que insista. Pero me parece que usted *debería* ir a donde le digo. ¿No querría por lo menos una copia de *El Caballero de la Rosa*? Pase por allí y deténgase uno o dos minutos. Le aseguro que serán suficientes para usted, y que agradecerá el haberse cruzado conmigo esta noche.

Dicho esto, alzó la ventanilla y el automóvil se perdió calle abajo, en silencio.

El detective comprendió que el misterio lo asediaba otra vez. Tras una cabriola, la fragancia perdidiza reapareció en el aire al tiempo que los fanales iluminaban los plantíos repentinamente. Decidió acercarse a donde el hombrecito del ojo de vidrio le había indicado que se vendían grabaciones y pósteres.

En una radio distante escuchó fragmentos de un breve reportaje sobre Kiri Te Kanawa. Era como si alguien hubiera sintonizado el programa sólo para él.

Cruzó la avenida desierta y se acercó al muro. No había ni un alma en los alrededores. El mar fuliginoso y sosegado emitía un rumor muy viejo que él no se cansaba de oír. Miró hacia los lados y tampoco vio a nadie. ¿Estaría la venta en una zona más alejada? Imposible saberlo. Entonces, a punto de marcharse, vio Legumbre la silueta.

Estaba allí, paralizada y breve, en la opacidad de la otra acera, observándolo desde el umbral de uno de los portales. Él no alcanzaba a verle el rostro, y sin embargo tenía la seguridad de que estaba siendo escrutado con una serena insistencia. Tuvo ganas de cruzar otra vez la avenida e ir al encuentro de la figura, pero decidió sentarse un rato en el muro, a esperar algo indefinido.

El resplandor lamía los pies de la silueta y creaba una frontera bien delimitada. Al comprender que, de haberlo querido, ella le habría mostrado una parte de sí tan sólo con moverse un poco hacia delante, Legumbre volvió a tener ganas de cruzar. Pero algo imprevisto sucedió. La silueta avanzó, se hizo cuerpo sólido y se mostró bajo la mortal lividez de la luna. Estaba parada justo en el contén y de su mano derecha colgaba…

«Ahí tienes a tu apetecible asesina», dijo la voz.

…una jaula de metal.

«Mi apetecible asesina… Buena frase», dijo Legumbre.

«No puedes renunciar a ella, ¿verdad?», susurró la voz.

El agente no contestó. No quería pensar.

Se levantó del muro y avanzó hacia la calle. Lo más extraño de todo era que no había un solo automóvil circulando.

Valaria se detuvo en mitad de la avenida, mirándolo con interés. Él se colocó a dos metros de ella, oliendo aquel perfume equívoco, casi con vida propia, que, como un señuelo, lo había buscado hasta encontrarlo y atraer sus pasos.

–Hola –dijo ella.

–Hola –repitió él.

–No me pareció bien ir a visitarlo a la Residencia Morgan. Tenía la sospecha, o la esperanza, de que usted no iba a permanecer allí muchos días.

–Así fue –explicó Legumbre–. Es un sitio insano.

–Nuestra última conversación, ¿recuerda? Fue tan terrible… –suspiró.

–Hmm… Hiciste que vomitara –le recordó él–. Yo casi nunca vomito.

–Lo siento.

Olía maravillosamente. Balanceaba la jaula como una niña cualquiera que acaba de comprar un canario. Scardanelli se veía radiante.

–Al final de aquella conversación me dijiste que ibas a masturbarte mientras veías la película –se aventuró a preguntarle.

–Usted quiere saber si lo hice –dijo ella.

–Sí, quiero saberlo.

–Me masturbé –declaró mientras apuntaba a Scardanelli–. Él me ayudó.

El detective movió los labios resecos y probó el salitre. Le gustaba esa sensación.

–Anjá –dijo sin saber qué actitud adoptar.

–Usted ha estado cumpliendo su promesa –declaró Valaria–. Y yo, la mía. Si quiere, podemos ser buenos amigos.

Tornaba a balancear a Scardanelli, que en ese instante se hinchaba para tomar aire y sentir la vitalidad de los efluvios marinos.

–Mire cómo se pone este bichito –le dijo ella a Legumbre, para animarlo un poco y hacerlo salir del asombro.

—Ya veo —susurró él, temblando por lo que, en ese momento, hubiera querido decirle y no le dijo.

Valaria puso la jaula en el asfalto, bajó la cabeza y cruzó las manos sobre el regazo:

—Yo tendría que lamentar, ante usted, esos actos que me transforman en una niña mala cuyas perversiones se originan en la codicia por la vida humana, que me resulta algo precioso, fantástico, lleno de secretos… Sé que no merezco ningún crédito, que parezco o soy una embustera, pero también sé que usted ama mi cuerpo, lo añora, sueña con él y ha venido hasta aquí por él, por mí, por su deseo de mí, a pesar de la sangre que mis manos han hecho brotar, a pesar de la malignidad y el chantaje, a pesar de mis crímenes. A pesar de todas y cada una de mis culpas… Si no podemos ser amigos, si la amistad no fuera ese enclave o esa tierra de franquicias donde podríamos reunirnos alguna vez, lejos de la razón, la lógica y de lo que usted entiende por moral, entonces tome mi cuerpo, vuelva a poseerlo, conviértase en mi amante, haga de mí un territorio dulce adonde usted entraría con los ojos cerrados, para no ver ciertas cosas —dijo Valaria sin apartar la mirada del suelo.

En aquellas palabras filosas y mojadas, llenas de adultez, adivinó Legumbre una especie de inconcebible decencia que anunciaba, en lo que a él concernía, el principio del fin. Los automóviles, abundantes en esa zona, se ausentaban con una rara terquedad y Valaria y él continuaron allí, justo en la línea amarilla que dividía las dos sendas, bajo la luz amortiguada de los faroles, que iba mezclándose con la irradiación metálica de la luna. Al detective todo esto le pareció tan irreal y agradable que alzó los ojos para comprobar si de veras la luna estaba en su sitio. Pero la luna, veleidosa, estaba allí mismo, plateada o gris, a ratos pulida, y se asemejaba a una naranja polvorienta, comida por un hongo sideral.

—Si tuviera un palacio allá arriba, subiríamos juntos —bromeó el detective. El deseo y la calma se habían aliado para invadir su cuerpo sigilosamente y producir, en su ánimo, una especie de masiva e indiscriminada aceptación.

—Soñar no cuesta nada —dijo Valaria al recoger la jaula donde Scardanelli se había enroscado para dormir—. ¿Usted podría, quizás, llevarme a su apartamento?

Caminaron todo el tiempo sin romper el delicado silencio que ambos habían contribuido a labrar, el detective atento al paso de la luna por el cielo y Valaria vigilando el hosco dormitar de Scardanelli. Esa noche la Vía Láctea era un reguero de polvo de vidrio, esparcido gracias al soplo de una niebla maciza e inconstante. Ninguno de los dos había pensado en buscar un taxi, y aunque Legumbre calculó que lo más práctico sería alquilar uno, olvidó la idea muy pronto al percatarse de que tal vez podría irse con la niña a El Cairo. Sin embargo, comprendió que esa aspiración no era sino otro de sus perdonables romanticismos, y se asustó al ver que en su tendencia al olvido podía caer en un abismo gobernado por el sometimiento y el deseo.

Cuando llegaron a la entrada del edificio donde vivía el detective, notaron que ninguna luz iba a alumbrarles el paso. Atravesaron el enlosado de terracota de la piscina comunitaria al amparo de una gran sombra que olía a cloro y materias dulces. Entraron en uno de los elevadores y Legumbre lo echó a andar. Pero un momento después, con un entusiasmo repentino, apretó el botón de parada y el elevador se detuvo entre dos pisos. A esa hora nadie reclamaría.

Valaria dejó la jaula en el suelo y lo miró. Scardanelli dormía.

—Todo está bien —le dijo Legumbre a la niña—. Sólo quiero comprobar si en mi ánimo no se esconde un espejismo…

Se acercó a Valaria lo suficiente como para oler su pelo. Le alzó la cara, se sumergió en la mirada verdosa y ligeramente espectral, y, de rodillas, la abrazó por la cintura. Al hacerlo verificó que el pubis de la niña quedaba a la altura de su cabeza. Alzó el vestidito —sencillo, como siempre, pero de un color arena subido de tono—, olfateó la entrepierna y puso una mejilla encima del sexo, protegido con parquedad por unas bragas amarillas.

–Recuéstate –le dijo.

–¿En tu cuarto no es más cómodo?

–Déjame probarte ahora –suplicó.

Un rato después, en el apartamento, la fragancia de Valaria se escapaba aún, mezclada con los vapores de su orgasmo. Legumbre sintió el aroma característico de los animales de granja cuando la lluvia los sorprende en el campo. Y entonces empezaron las metamorfosis y las ensoñaciones.

Como el sexo no iba a tardar en prolongarse más allá de aquel simpático preludio, el detective desnudó a la niña –en el elevador había sabido que ya no era exactamente una *shaved-pussy girl*, hecho que en él traicionaba una diminuta expectativa– y se la echó encima, como un bulto frágil, para conducirla al baño y afeitarla.

Cuando Valaria estuvo en el fondo de la bañera, bajo suaves chorros de agua tibia y con el pubis colérico, a causa de una mano en la que la espuma del jabón iba espesándose despacio, Legumbre acercó la navaja a las inmediaciones del ombligo y el vello empezó a caer sobre la porcelana azul. Sin embargo, algo muy bizarro sucedió en el instante en que el filo de la hoja tocó, inclinada como la Espada de la Muerte, el pórtico de eso que podríamos llamar, no sin recelo, el Cauce de las Fantasías: los labios menores de la niña de agitaron en un temblor desordenado, y unos filamentos del mismo color de su piel empezaron a germinar allí.

Durante los años recientes de su trabajo en la Central, Legumbre había terminado por acostumbrarse a ver cosas impresionantes. Pero la aparición de aquellos filamentos, que eran como los estambres de una flor, sobrepasaba la energía de su ánimo hasta causarle una consternación en la que, sin embargo, no existía el sobresalto del pánico. Aun así, presenciar ese espectáculo le produjo una sensación de rechazo. Tenía la navaja en alto y los filamentos, en cuyas puntas había unas espinas rectas y afiladas, se movían en dirección a su mano armada. Y fue entonces cuando sintió una descarga eléctrica detrás de los ojos, la visión se le nubló y regresó a la realidad de su ninfa enjabonada, a punto de convertirse otra vez en su *shaved-pussy girl*.

—Caramba —se quejó.

—No se turbe ahora —demandó Valaria—. Siga haciéndome eso.

Y él se recuperó palpando, cada vez más y más resuelto, el sexo de la niña, hasta que volvió a aplicarle el filo de la navaja y el vello continuó desmenuzándose, adornando la porcelana, hundiéndose en el agua, desapareciendo por el tragante como un enemigo que huía.

Cuando la vulva adquirió el aspecto que había tenido antes, el detective se introdujo desnudo en la bañera y se dejó llevar por las finas artes de Valaria. Probó la textura del afeitado con la lengua. Un instante después ella empezó a cabalgar con precisión encima de él.

Pero la luz del baño se hacía gradualmente mustia y Legumbre no se daba cuenta. Ni siquiera podía ver el cambio de color de la espalda de Valaria. Tampoco sentía el diagrama eruptivo de la piel de su nuca, donde una especie de herpe vesiculado iba caligrafiándose con rapidez, descendiendo hasta el cóccix para formar una larga escritura hecha por un amanuense invisible.

No era consciente del origen de la enloquecida convulsión de su próstata, manipulada por dos filamentos que remataban, cada uno, en dos carnosidades bivalvas. Ambas, pequeñas manos heroicas, se cerraban sobre la glándula forzándola a reaccionar continuamente. No sabía —¿pero cómo iba a saberlo?— que ya los filamentos habían tomado posesión de su uretra. Porque, de manera mansa y amable, había pasado Legumbre de la vigilia al sueño.

Soñaba que él era un astronauta náufrago, desorientado en un planeta anónimo. Soñaba que estaba en su bañera poseyendo a Valaria, en medio de un anchuroso paisaje de rocas. Que se hundía en su sexo y que al fin repetía la deseada sodomización. Que ella libaba de él y tragaba con ansiedad. Que su lengua recorría los agujeros de la niña despaciosamente. Que el deseo regresaba a él cuando ya estaba a punto de marchitarse y que el placer mordía otra vez, brutal, la médula de sus huesos.

Cuando todo terminó, Legumbre abrió los ojos, semicortado el resuello, y vio a la niña frente a sí. Sin ella saberlo, imitaba la postura de Verónica en la butaca azul. Sólo que Valaria, con los muslos enganchados en los bordes de la bañera, mostraba con orgullo la poderosa hinchazón de su sexo. De las mutaciones no quedaban huellas.

—No me ha dicho nada de la operación —señaló la niña sin dejar de exhibirse.

Legumbre estaba aturdido y sentía sed.

—Por favor... ¿Podrías ir a la nevera y traer una jarra de jugo?

Ella se compuso un poco, salió de la bañera y se marchó a cumplir el encargo. Cuando regresó no traía nada en las manos salvo una lata de refresco de limón.

—¿Usted no visita el mercado para avituallarse? —dijo y le alcanzó la lata.

Legumbre no contestó. Haló la argolla y empezó a beber con ansiedad.

—Me dejaste seco.

—Exageración suya —respondió Valaria al tiempo que hacía un pueril mohín de protesta—. Lo que pasa es que yo le gusto mucho a usted... No sé cómo puede eyacular tanto...

—Qué dices —negó Legumbre—. Si fueron sólo dos veces.

—Hmm... Dos veces...

—¿No? —preguntó mientras terminaba de beber.

—No —concluyó ella—. Fueron cinco.

—Ahora la exagerada eres tú.

El rostro de Valaria se contrajo.

—Me quedaría aquí, con usted, hasta que amaneciera... Me dejaría hacer cualquier cosa, lo que a usted se le ocurra, lo que sea capaz de inventar...

El detective, medio dormido, se preguntaba si no habría por ahí otra lata de refresco. La sed retornaba a él.

—Bueno... ¿Y qué le parece la operación? —volvió ella a preguntarle, al ver que él no daba señales de interés.

Se sentía orgullosa de su cirugía. Había reimplantado su clítoris sobre un eje de material osteosimulante y le había conferido la forma de un signo femenino ♀, por medio del cual garantizaba el disfrute de ciertas exquisiteces. Entró otra vez en la bañera, se sentó y separó las rodillas, a poca distancia del rostro del detective.

—Mire —señaló con un dedo—. ¿Ve el aro?

—Lo veo —murmuró Legumbre.

—Si logra, con su pene, atravesar ese aro...

—El Aro de la Suerte —bromeó él.

—El orgasmo perpetuo —advirtió ella.

Olía a conservas incitadoras del Levante y a mermeladas carnales de la India.

Empezaron a verse casi todas las tardes. Valaria se ausentaba al anochecer y desaparecía hasta el siguiente día, cuando el sol tocaba el punto más alto del cielo. Entonces reaparecía y visitaba a Legumbre durante unas horas, en medio de intensas gimnasias, mientras la luz del crepúsculo no se convirtiera en el anuncio de las tinieblas.

Y él se acogió a esa placentera rutina.

No le importaban ni las sospechas ni los comentarios que iban naciendo en el ir y venir de la niña con su jaula. Como todas las víctimas de la caída en el abismo, sólo atinaba a no golpearse durante el vértigo del descendimiento, con la esperanza de llegar sin magulladuras a dondequiera que su aventura fuese a conducirlo.

Por momentos olvidaba su viaje a El Cairo y, también por momentos, lo recordaba con una prematura nostalgia.

Se encerró en el apartamento.

Se contentaba con algunos libros –entre ellos, las *Encíclicas para el inicio de los tiempos*–, un poco de música y las películas de su colección.

El día en que resolvió abastecerse de alimentos y bebidas, tropezó, a su regreso del mercado, con el barman. Este se movía entre vasos y licores con su diligencia sobrenatural, y de vez en vez se detenía, con ojos de exiliado permanente, a contemplar los rizos del agua de la piscina. El Hombre Invisible lo saludó medio abstraído. Tal vez empleaba una prudente cortesía: «Buenos días, señor Legumbre». Había puesto cara de póquer. Y Legumbre contestó con un «Hola, amigo» bastante desabrido. Ni siquiera alzaron los ojos para mirarse las caras.

Y así transcurrió su vida por varias semanas, entre Valaria y la espera de Valaria, hasta que una tarde recibió una confusa llamada de Baranda. Su amigo lo suponía en El Cairo, entre piedras, alfombras y cánticos embriagadores, y al mismo tiempo, sin embargo, algo lo invitaba a sospechar que el viaje no se había producido aún. A través del teléfono oyó Legumbre a un Baranda sorprendido, o asustado, o quizás entusiasmado. Le decía que había guardado con mucho celo, para revisarla mejor, una copia de la película, y que había llegado a la conclusión de que Valaria no era ni una mujer pequeña ni una jovencita ataviada con puerilidades ambiguas, sino una replicante, una criatura artificial, una androide donde se juntaban la perfección y el desatino del horror. Baranda podía ser tan conspirativo como un espía lleno de certezas de toda índole, pero de hecho sus explicaciones sonaban a la atildada histeria de ciertos alienados. Luego del diálogo, el detective quedó meditando.

«Recuerda el ojo», dijo la voz.

«A qué te refieres ahora», pensó Legumbre con hastío.

«El ojo raro de la niñita… Ella tenía un ojo raro, ¿no te acuerdas?», le explicó.

«Ya… El ojo del sopapo, el ojo del puñetazo… Quién sabe qué andaría haciendo por ahí cuando recibió ese golpe», dijo él.

«Sigues pensando que le dieron una tunda», consideró la voz.

«Pues claro… y nada me cuesta reconocer que ella es bastante puta. Y si se enredó con algún facineroso… Por ejemplo, alguien del grupo de los esgrimistas. Esos vagabundos sólo piensan en tres cosas: las películas de artes marciales, el filo de las katanas y el sexo en grupo», objetó el detective.

«Muy bien, pero ¿y lo de ayer, en la bañera? ¿No te hace pensar?», preguntó ella.

«Hmm… Cuando pienso en eso, se me pone tiesa», dijo él, sonriente.

«Qué estúpido eres, agente Legumbre», dijo la voz.

«Déjame así… Y vete, que de veras la tengo tiesa», soltó él, moviendo una mano.

La hipótesis de Baranda no hizo la menor mella en la nueva usanza de las tardes, y el detective siguió articulándose con la niña de Panamá. Un día, aquellos prolongados retozos alcanzaron a extremarse de una manera colosal, pero Legumbre no percibió el estado del cuerpo de la niña. No vio los tránsitos de la coloración de algunas zonas de la piel, o la movilización reptiloide del espinazo. Estaban en el despacho, sobre el gran sofá angular, y, luego de disfrutar de la película —exacerbados y listos para repetir algunas escenas—, ella le mostró el clítoris en su variante ♀ con el propósito de que el detective se entregara a él.

Justo antes de invitarlo a hacer pasar su glande a través del Aro de la Suerte, que a Legumbre se le antojaba una especie de Círculo de Fuego, en cada pezón le creció a Valaria una flor de pétalos señoriales, estrechos y afilados, de color magenta. Formaban corolas muy bien definidas que giraba aleatoriamente. Pero el detective era incapaz de distinguir nada. Ese era el cuerpo que lo hacía resplandecer y olvidarse del mundo, y ni siquiera notaba, con el ambicioso paso y repaso de sus manos sobre la espalda de la niña, la espantosa descolocación de sus vértebras.

Ella comprendía que la barrera entre el saber y el no saber estaba a punto de romperse de modo natural, y se daba cuenta, además, de que, cuando eso sucediera, su imagen surgiría de golpe ante él. Pero tenía sus dudas. No quería dejarlo escapar. Y, así, hicieron el número del Círculo de Fuego mientras ella disparaba sus filamentos hacia la glándula de Legumbre y él, trémulo, eyaculaba de forma monstruosa.

El semen parecía una gomorresina planetaria y zootrópica, y uno de los últimos chorros dio contra el rostro de la niña. El verde de su mirada se obstruyó de momento, como deslavado por un gesto de fisgoneo. Legumbre fue testigo de un emborronamiento que hacía nacer *otra cosa*. Y entonces vio y sintió todo. Y no pudo gritar. Tan sólo apretó la boca, parpadeó y vomitó junto al sofá, apoyado en la pared. Después, intentando aguantarse, resbaló sobre la frialdad de su propio sudor y cayó pesadamente, sin sentido, en una esquina del despacho.

Despertó en mitad de la madrugada, sin Valaria, en la pulcritud de su cama, con un bonito calzoncillo nuevo, gris azuloso, que exhibía por delante su marca: *Verve (Active size)*. Recordaba el vómito, recordaba la visión, pero estaba convencido o quería convencerse de que había soñado, o que los excesos habían hecho brotar la alucinación o el espejismo. Sin embargo, al revisar el despacho, no olió nada ominoso ni sintió la huella del desorden. Se quitó el calzoncillo, acercó la nariz a la tela y dedujo, a pesar de un encostrado vestigio de semen, que se trataba de un regalo de última hora, poco después de que se desplomara –¿acaso no se había quedado dormido de pura extenuación?– y la niña lo trasladara al cuarto, haciendo gala de una fuerza impresumible.

Era muy tarde o demasiado temprano. Se puso el calzoncillo, regresó al cuarto y miró en derredor sin decidirse a nada en específico, hasta que supo que lo que quería hacer era caminar un rato por los alrededores, envuelto en el aire joven, y pensar en su situación de hombre en suspenso. Además, hacía tiempo que no lo sorprendía un amanecer y, aunque esto no formara parte de sus deseos conscientes, necesitaba sentir el saludo del sol frente a sí.

Volvió a quitarse el calzoncillo, volvió a olerlo, lo dejó encima de la cama y se metió en la ducha.

En dirección al sur, a unas cuadras del edificio de Legumbre, el barrio se modificaba con nociva ostentación. Aparecían viejos almacenes que conseguían equilibrar sus ruinas y que, debido a una alineación asimétrica, se resguardaban entre sí del hundimiento. Había grandes conos de basura seca, tapados con redes provisionales que evitaba la dispersión de los desechos. Casi siempre los conos se alzaban dentro de callejones ciegos, caprichosamente estrechados por paredes traseras o laterales.

Por uno de ellos se adentró el detective. El reflejo de la luna bañaba el paisaje.

«¿Qué estás haciendo?», preguntó la voz.

«Voy a curiosear un poco», pensó él.

«Es mejor que te alejes… ¡Camina hacia el mar! ¿No querías que el sol te sorprendiera?», dijo la voz.

«Por aquí vive gente», dijo Legumbre.

«Hmm… ya lo creo. Pero estoy segura de que no querrás conocer a nadie que viva aquí», dijo ella.

«Una cosa piensa el gato y otra el ratón», susurró él.

«Claro… Y tú te crees muy gato, ¿verdad?», rezongó ella.

«Me han dicho que hay putas cerca», declaró él.

«Por todos los santos, ¿te volviste loco? ¿Putas? ¿No te basta con la niña?», sugirió ella.

«Vete a la mierda, ¿quieres?», se encabritó él.

«Bueno, pues ¡jódete, gato! ¡Minino valiente!, ¡Minino guerrero!», dijo ella con desprecio y entre risotadas.

Caminó unos pasos por el callejón. Apenas se veía.

—Hola, Papá Locote… ¿Adónde vas? —escuchó.

El saludo y la pregunta provenían de un montículo de papeles apeñuscados entre dos grandes depósitos de pintura vacíos. Legumbre pudo ver a una mujer muy joven, vestida pobremente y con el pelo en desorden.

—Estoy paseando un poco… ¿Y tú? ¿Te diviertes? —contestó Legumbre, dispuesto a algún lance.

—Ya ves —respondió ella—. No mucho.

—¿Qué haces? —preguntó él.

—Las cosas se han puesto de pinga… Tan raras están las cosas últimamente, que por lo general acabo necesitando hacer algo intenso, algo grande… para que no me trague la sensación de… de… ¿Cómo se dice? Hay una palabra… Una palabra exacta que, si la recordara, ¡seguro la diría! Y me entenderías bien… ¡Ay, cojones! ¡Qué roña me da olvidar las palabras! —le explicó la mujer antes de indicarle que estaba a punto de masturbarse cuando él pasó por el callejón.

A Legumbre aquel lenguaje no le producía la menor molestia, estaba acostumbrado. Y aun así le sonó altamente sospechoso.

—¿Quién eres, eh? Dime quién eres y no te romperé las rótulas a martillazos —la amenazó mientras buscaba algo con que agredir a la mujer.

Pero él no tenía ningún martillo cerca. Ni siquiera una jodida piedra.

Ella se puso a llorar. Mejor dicho, soltó un gemido, barrió de su cara un par de lágrimas y respiró profundo:

—Hago la calle, puteo como cualquier mujeranga —lo miró con una mezcla de burla y curiosidad—. ¿Estoy ilegalizando la busca? Dímelo y me largo…

Legumbre se acercó más a ella:

–¿Haces la calle? –dudó–. Entonces eres…

–Soy una hetaira completa. ¿Captas? ¿Eh? Captas, ¿no es así? ¡Tienes que captar, cara-de-hombre-inteligente! Y quizás hasta eres bien bragado, bien tributado, con una herramienta rica… A ver, sácate la pinga y déjame verla…

–Cállate un poco, ¿quieres? Soy agente de la Central, tenlo en cuenta.

–Allá tú, Papá Locote –dijo la puta y cerró los ojos con una expresión de orgullo ofendido.

–¿Y eso qué es? –preguntó Legumbre al ver un vaso de cartón donde ella sumergía los dedos.

Ella metió toda la mano en el vaso y sacó un pepino de mar.

–No es la Liebre de Marzo –dijo sonriente–, pero sí un buen juguete de ocasión.

Muy bajas y veloces pasaron las nubes por encima de ellos, y la cara de la mujer se llenó de sombras inquietas durante unos segundos. Pero las nubes estaban siendo azotadas por el Viento del Oeste y se perdieron en la lejanía, por detrás de los últimos edificios. Entonces la luna tornó a brillar esforzadamente y Legumbre reconoció a Flor de Cactus tras el rostro medio sucio. Le preguntó por qué estaba allí, en semejante estado, y ella le contó que Gata de Angora la había abandonado.

–Me acuerdo de la otra –subrayó el detective.

–Usted vendía chocolate.

–Estaba de servicio –puntualizó él–. Me disfracé. Una impostura menor en aras de la verdad.

–Se veía cómico.

Legumbre ocupó un sitio a su lado después de advertirle que no lo tocara.

–¿Y qué pasó? ¿Una nueva chica?

–Algo así –contestó Flor de Cactus–. Una chiquilla.

—Parecía que tú y la otra se entendían bien.

—¿Gata de Angora y yo? Sí, nos amábamos… Maldita que es… ¡Maldita! No quiero ni acordarme… Y eso que nos iba bien con la chiquilla. Nos pusimos de acuerdo. ¡Una preciosa combinación! Y de pronto, un buen día, abrí los ojos y la vi parada delante de la cama, diciéndome aquello: «Tienes que marcharte, linda… Ya todo terminó». ¡Gata diciéndome que todo había terminado! ¡Qué clase de hija de puta! Y era verdad, ¿comprende? Todo había terminado. Y sin explicaciones. A veces paso por su casa, me detengo a mirar el jardín, el columpio pintado de rojo, las flores que yo misma ayudé a nacer, las begonias que sólo yo sabía cuidar… Y entonces la veo tras una ventana, conversando con la chiquilla…

—Vaya, ha de ser tremenda. La has mencionado varias veces —se apenó Legumbre.

—Tremenda no, tremendísima… A usted no necesito explicarle, ya la conoce —soltó ella, mirándolo de reojo.

—¿Cómo dices?

—La niña. ¡Usted conoce a la putica que vive con ella! Esa arpía y yo hablamos por primera vez en la Casa de los Muertos, el mismo día que enterramos a Roberto. ¡El famoso día del chocolate! ¿Ya se acuerda? Bien. Pues hablábamos de ropa interior, que si yo usaba esto y ella lo otro, y yo le enseñé lo que necesitaba comprar, y ella me enseñó lo que acostumbraba ponerse, y me invitó a que probara la suavidad de la tela… en fin… el toqueteo… y nos calentamos y hasta hicimos nuestras cositas, para qué voy a ocultárselo a usted. ¿Qué iba yo a saber? Ella quería venderme un animalito, una especie de gato amarillo metido en una jaula… ¡Bueno, pero qué digo! ¿No está entendiéndome? ¿Sí? ¿Sí o no? ¡Le repito que usted conoce a la cabroncita! ¿No recuerda aquel mensaje que le di, aquel papel doblado? ¡Había hasta un disco!

Legumbre descendía por un pozo muy oscuro.

—Por supuesto que lo recuerdo —respondió ensombrecido, levantando la cara hacia la boca del pozo, que era por donde entraban unas piltrafas de luz–. Pero dime, ¿viste a Valaria allí, en casa de Gata de Angora?

—¡Valaria! ¡Valaria! ¡Ay, mi dios!

—¿La viste? ¿Era ella? —insistió Legumbre.

—Era ella —contestó, dolorida, Flor de Cactus–. La engañadora, la tramposa… Me dio un número de teléfono falso. Dos veces la llamé y dos veces me contestó la recepcionista de una academia de baile.

—Entonces era ella —confirmó Legumbre como para sí.

—Mire —reclamó cansada–. Nos conocimos aquella mañana, como ya le dije. Y al día siguiente, o al otro, me dio ese papel con el disco para entregárselos a usted. Y después, no sé cómo, se presentó en casa de Gata de Angora con otro bicho de esos. ¡La misma historia! Quería vender el animalito y ahí fue cuando Gata se enamoró de la criatura, una bestia malcarada, fachosa… ¡Un ajolote! ¿Ha visto un ajolote de tierra? Repugnante. Pero el que ella traía parecía una pinga. Imagínese una pinga sin prepucio. Imagínesela grandecita, medio parada y con ojos pequeñitos. Gata y la trapacera esa entraron en una especie de cortesía viciosa… Creo que hasta usaban el bicho en sus juegos. Y no es que yo esté haciéndome la santa con usted, porque… fíjese, ahora mismo voy a darme gusto con esta holoturia, más conocida como pepino de mar… ¡Un pepino de mar, no un pepino vegetal! Tengo ganas de meterme esa cosa y punto: lo hago. ¡Quién me lo impide! Ni siquiera usted podría detenerme. Pero me molesta y me inquieta todo lo que pasó… ¡El modo en que ocurrieron los hechos! Como si una especie de sonsera se hubiera apoderado de Gata, ella que es tan sobria y ejecutiva… ¡Y tan despierta para todo! No por gusto es una negociante de las mejores, ¿sabe usted? Artesanías costosas, cuadros, armas antiguas… Y verla así, ¡medio sonámbula! Se me parte el alma… ¡Y la mirada de la tal Valaria! Tenía un no sé qué de cernícalo con hambre…

—Lo sé —dijo Legumbre en voz muy baja.

—Y otra cosa, señor detective. Escuche esto… ¡Atiéndame, por lo que más quiera! —clamaba la hetaira, gesticulando ante un hombre cuyos pensamientos ya estaban muy lejos de allí—. Cuando Gata me expulsó de su casa, yo salí como una loca a recorrer las calles, a frotarme con otras mujeres, a oler la lluvia en el sexo lanudo de las matronas del malecón, que, por cierto, ya han fundado un sindicato muy lucrativo… Me iba por ahí huyendo o buscando algo impreciso, visitando uno por uno los billares subterráneos y bebiendo cerveza barata con las bucheras… Y entonces ocurría algo extraordinario: ¡la veía a ella, a Valaria, en varios lugares, como si pudiera moverse por muchos sitios a la vez! Mi dios bendito, ¿qué querría decirme la verduga? ¿Qué pretendía con aquel juego? ¿Por qué me perseguiría de ese modo, con tanta saña, si ya mi vida junto a Gata había terminado? Pero así acontecía, señor detective… Así… Me encontraba con Valaria en todas partes, y en todas partes veía yo la misma imagen de la desgraciada: inmóvil, mirándome de frente con esos ojazos de bruja, las pupilas bajas, el cuerpo recto y la jaula a su lado, con un animalejo hoy y otro mañana…

Algo se removió en la espesa meditación de Legumbre.

—¿Has dicho «un animalejo hoy y otro mañana»?

—¡Ay, señor detective, pero si ella es la chica perfecta para administrar un zoológico de horrores!

—¿Viste varios animales? —la azuzó Legumbre.

—Cuatro o cinco —dudó Flor de Cactus—. El gato amarillo, el ajolote, un hurón con el pelo completamente blanco, un lagarto azul que enseñaba una pañoleta enorme y un monito para comer.

—¿Para comer? —preguntó Legumbre.

—Sí, un monito de esos… Usted lo coge, le machaca la cabeza, le saca los sesos y los sirve calentitos en un plato. Después elige algún tipo de salsa especial y la añade… Puede ser salsa de menta, de champiñones, de carne de vaca con pulpa de tomate, de curry con huevo molido… Hay muchas… Oiga, detective, ¡se me ha despertado un hambre!

Por la mente de Legumbre pasó la idea de que hubiera dos Valarias. O tres. O cuatro. O cuatrocientas. Su estómago se plegó varias veces sobre sí mismo y el fantasma del vómito reapareció detrás de la glotis.

–Tengo que irme –dijo.

–¿Y no puede llevarme con usted? –preguntó ella, con una obscena inocencia.

–Tú no quieres venir –contestó él–. En realidad no te gustaría venir.

Cuando Legumbre abandonó el callejón, Flor de Cactus se remangó el cochambroso vestido y se quitó la tanga. En aquellas condiciones de total abandono, ya no era la *shaved-pussy girl* de antes, motivo por el que tuvo que dividir la masa de pelo del pubis y hacerle la raya al medio, como si se tratara de la testa de un escolar dócil, negroide y primoroso. Entonces sacó la holoturia del vaso de cartón y fue introduciéndosela poco a poco en la vagina. Se recostó en la pared, inmóvil, y dejó que los dispositivos ambulacrales del animal reaccionaran de acuerdo con lo que ella había previsto. Cerró los ojos ante el placer y empezó a entregarse…

Valaria había estado todo el tiempo apostada por allí, vigilándolos. Cuando la respiración de Flor de Cactus alcanzó el orden de lo fruitivo y las ondas de la piel de la holoturia le permitieron moverse por el interior de la vagina –saliendo de ella y entrando otra vez lentamente, con actitud exploratoria, para volver a salir–, Valaria, con pies de tigre y sin abandonar el costado de la sombra, avanzó hacia la gozadora y se detuvo ante ella, descubriéndose bajo la luz de la luna. Se acercó tanto que pudo oler su aliento, ligeramente ácido, y admirar las parsimoniosas contorsiones de la holoturia, que ya disparaba sus mucílagos. El callejón entero apestaba a basura fermentada y Flor de Cactus a masticación de algas podridas. Y Valaria, mareada a causa de aquellas emanaciones, pero fría y vengativa, enarboló la navaja barbera del detective y hundió el filo en el cuello de la vagabunda.

Legumbre quería ver el amanecer. Necesitaba recibir y acoger el amanecer por unos minutos, saludar el ascenso de la bola del sol por encima del océano. Se encaminó con paso firme hacia el malecón. Cuando lo alcanzó, ya el sudor le corría por la espalda. Pero una brisa tranquila acariciaba todo en derredor. A lo lejos algunos hachones se movían.

Se sentó en el muro con los pies hacia el agua y su cuerpo empezó a despojarse de la tensión. Bajó la vista y examinó moroso los arrecifes. Entonces una luz se encendió cerca de él.

Había un bote atado a unas cuñas de madera que nacían en la roca. Junto al bote, absorto, un joven pescador mulato ordenaba unos carretes de hilo y enderezaba a cada instante la precaria pantalla de vidrio de su farol. Acuclillada sobre las piedras, mirando la llama fijamente, Valaria mordisqueaba una tira de pescado para arrancarle un anzuelo harto contumaz. A su lado estaba la jaula sempiterna. Sin embargo, lo que había dentro de ella no era un ajolote fálico, sino más bien una especie de iguana.

Era evidente que Valaria y el pescador estaban a punto de desayunar. No habían visto a Legumbre.

El detective quedó inmóvil, más bien paralizado.

Valaria consiguió destrabar el anzuelo.

Pero algo muy perturbador sucedió en ese instante. Otra Valaria se avecinó al muro y se asomó a las rocas. Cuando vio al pescador y a la Valaria de la iguana, la Valaria nueva agitó una mano y alzó su jaula, que contenía un hurón albino. Los otros la reconocieron enseguida y ella empezó a bajar.

Legumbre alcanzó a apaciguar, de la mejor manera posible, el vómito que pugnaba por salir de su garganta. Respiró varias veces con fuerza, como si quisiera apoderarse de toda la brisa, y se deslizó hacia la acera hasta que, medio encogido por el esfuerzo, pudo sentarse de cara a la avenida, en una zona donde la sombra era bastante compacta. Pero el hurón lo había visto, u olido, y se puso a chillar. Su dueña escudriñó la sombra. Y, al ver que los chillidos no cesaban, se volvió hacia la calle y siguió la mirada delatora del animal.

Llena de convicción avanzó hacia Legumbre.

—¡Vaya, pero si lo tenemos aquí a usted! —susurró contenta, como si conociera a Legumbre de toda la vida—. Vamos, anímese y venga conmigo. Pronto amanecerá y tenemos que darnos prisa.

Legumbre la observó desde el suelo.

—Déjame aquí —dijo—. No tengo trato contigo.

—¿Ah, no? Jejeje… —se burló retorciendo el cuerpo—. ¿Oíste eso, Próspero? El caballero Legumbre asegura que no tiene trato conmigo. ¿Qué te parece?

El hurón emitió dos chillidos y medio y friccionó las uñas de sus patas delanteras contra los barrotes de la jaula.

—Vete —logró decirle Legumbre—. Regresa al infierno de donde vienen ustedes…

—Próspero me recuerda que usted debe bajar conmigo, para reunirnos todos frente al mar.

—Vete —repitió Legumbre—. Déjenme solo.

—No sin antes bajar, señor agente, no sin antes bajar, ricohombre pagano, no sin antes bajar, varón-percutidor-de-mucho-semen —jugueteó ella y se echó a reír otra vez.

Agarró a Legumbre por un brazo y, a pesar de su baja estatura, lo arrastró y lo levantó hasta ponerlo encima del muro.

—Puta… condenada… —forcejeó él.

—¿A las buenas o a las malas?

El detective decidió bajar con ella y los cuatro se congregaron abajo, observando algo que ocurría en el mar, a poca distancia. El agua parecía hervir en una especie de círculo.

—Usted es un privilegiado, querido —le dijo la Valaria de la iguana—. Mire.

Frente a ellos, justo por debajo del círculo borboteante, emergió un aparato en forma de huevo. Era liso, gris claro, parecía metálico y dispendiaba una suave luminosidad.

—¿Qué le parece? —le preguntó la Valaria del hurón.

Próspero volvió a chillar.

—¿Qué le ha dicho ahora esa cosa? —se burló Legumbre.

—Dice que usted es un incrédulo y que estamos desperdiciando nuestro tiempo —contestó ella—. Y yo, por mi parte, le recomendaría dejar de ser irrespetuoso con Próspero. Nada más fácil que ponerlo a usted a disposición de los tiburones.

El huevo ascendió por encima de las aguas y se balanceó en el aire. Después se acercó a ellos. Era grande y ahora su resplandor enceguecía a Legumbre. En la panza del huevo se abrió una escotilla y los cuatro —el detective iba custodiado por las dos Valarias— se metieron dentro de él. Cuando empezó a ascender, ya en el muro del malecón se agitaban algunos curiosos.

Transcurrió un impreciso espacio de tiempo durante el cual Legumbre soñó con las palabras que el celador de su edificio le había dicho antes de marcharse a la Residencia Morgan. *Confíe en sus instintos y póngalos en remojo, pero no se entregue a la razón extenuante y estéril.* Recordaba perfectamente aquel enigmático consejo. Un instante después se veía a sí mismo en la cabina de un aristocrático avión, bebiendo tequila con el capitán —un neozelandés esotérico— y observando, tras consumir un plato de ternera en salsa de flores, la maniobra de aterrizaje en el Aeropuerto Almaza de El Cairo. Por último, sentía una música llena de panderetas y violines, y reconocía los tapices de la entrada del Palacio Musafirkhana. Entonces despertó. Vio las caras sonrientes de las dos Valarias.

–Ya llegamos, señor Legumbre –le dijo la de la iguana. En lo que a él concernía, ella era la verdadera Valaria, la de Espartaco y Scardanelli. O la del clítoris en forma de ♀.

El detective se incorporó y pudo respirar aire fresco. Por encima de él se abría una lucerna con dos semicírculos de vidrio. Una luz un tanto avara, y de la que sobresalía una especie de renuencia, descendía levemente hasta él. Pero no se atrevía a asegurar que aquella discreta iluminación fuera ya la del amanecer.

–¿Adónde llegamos? –preguntó con retintín.

El aire, casi invernal, le hacía mucho bien y hasta renovaba sus fuerzas. Sintió el chillido de Próspero y comprendió que, a pesar de todo, la situación estaba lejos de provocarle asombro. Las cosas habían sucedido rápidamente y había carecido de tiempo para meditar. Sin embargo, esa circunstancia jamás hubiera bastado para abolir en él la fascinación o la embriaguez del portento, ya que, si bien era un hombre bastante trivial –en los límites de la mediocridad, para hablar con entera franqueza–, su capacidad para asombrarse o dejarse hechizar no había menguado.

«Te crees muy listo, ¿no es cierto?», le dijo la voz.

«¿Por qué dices eso?», preguntó él.

«Te haces el valiente y en realidad estás cagándote de miedo», escuchó.

«Estoy asustado y tengo mucha curiosidad», pensó.

«Qué bueno… Por lo menos estás tratando de analizar tus sentimientos», observó ella.

«¿Qué quieres que te diga? ¿Qué estoy a punto de desfallecer? ¿Que ya todo me da igual? ¿Que estoy volviéndome loco?», dijo él.

«Aguanta ahí, detective… No sigas por ese camino… Escucha esto: no estás volviéndote loco», exclamó la voz.

«Perfecto… ¡Perfecto! A ver, ¿cuántas veces tengo que repetirme eso? ¿Diez veces? ¿Veinte? ¿Cincuenta?», replicó con amargura.

«Sólo quiero que estés seguro de ti mismo», dijo la voz.

«A eso me dedico, a estar seguro de mí mismo… ¿Pero qué quieres que haga si no soy un genio ni un héroe?», pensó.

«Colócate lejos de la aflicción… No estás seguro ni de ti ni de nada», dijo la voz.

«Qué noticia», ironizó.

«¿Sabes dónde te encuentras ahora?», preguntó ella.

«En un huevo que vuela… Como en *Las mil y una noches*», contestó armado de cierta jovialidad.

«¡Qué habilidad tienes para esconderte, Legumbre!», subrayó ella.

«Déjame tranquilo», pidió él.

«Así que en un huevo que vuela… Qué cosas tienes», dijo la voz.

«Vete ya, anda… No sigas jodiéndome la vida», volvió él a pedirle.

La voz desapareció. Las caras de las dos Valarias desaparecieron. Allí dentro sólo se veían algunas formas borrosas. Un instante después la Valaria del bicho albino se sentó junto a él.

–Tenemos que subir para mostrarle algo a usted –le explicó.

–¿Qué tienen que mostrarme? –preguntó.

–Una sorpresa –confirmó ella–. No se asuste, no vamos a tirarlo al agua.

Subieron, en medio de las tinieblas, por una especie de rampa en espiral. Delante iba la Valaria de la iguana, después el pescador y a continuación Legumbre. La Valaria del hurón cerraba la marcha. Cuando alcanzaron la cima, la claraboya se ensanchó como el diafragma de una cámara fotográfica.

Se encontraban en el techo del huevo, acariciados por frías e intranquilas corrientes. Legumbre miró en derredor. Abajo había unas claridades separadas por una franja oscura.

—Estamos a ochocientos o novecientos metros por encima del mar —dijo la Valaria de la iguana y señaló las claridades—. Ahí está la ciudad.

El mar era una masa negra, sin luz.

—Menos mal que usted no padece de vértigo —observó la Valaria del hurón albino.

—Bueno —se jactó él—, por eso y otras cosas soy policía.

El cielo se veía como al alcance de la mano y al detective lo emocionó comprobar que la Vía Láctea fuera un espectáculo tan hermoso y violento. El aire de la altura poseía una transparencia extraordinaria y pudo ver las estrellas lejanas, los planetas, las nubes de gas, el fuego blanco de la galaxia.

—Bien, acabemos rápido con esto —dijo la Valaria de la iguana—. ¿Podrías elevarnos un poco más, Palinuro?

El pescador metió el cuerpo por la claraboya y, un instante más tarde, el huevo ascendió con una suerte de ingrávida gentileza, hasta que la Valaria de la iguana se asomó a la claraboya y le dio a Palinuro la orden de detener la marcha.

Ahora el cielo mostraba un aterrador ímpetu de colores y brillos. A Legumbre se le cortó la respiración.

—Lo que queríamos mostrarle, señor detective, es precisamente esto —señaló la Valaria del hurón hacia el firmamento espasmódico—. Alce el brazo... no tema. ¡Álcelo! Extienda la mano...

Legumbre destrabó los hombros con un movimiento de furor y desdén. Intentó disipar su nerviosismo, mitigar la tensión de los huesos y humedecer su lengua, repentinamente agrietada por una humillante sequedad. Pero consiguió muy poco. Había empezado a sudar otra vez y sentía que el frío ya no le hacía bien. Alzó, como le pedía ella, el brazo, y abrió la mano, extendiendo los dedos.

Lo que sintió fue tan raro que se quedó en blanco. Bajó la mano rápidamente y miró a las dos sonrientes Valarias.

«Suspende ahora tu incredulidad», le dijo la voz.

«Lo que está sucediendo es muy grave… *Muy* grave», susurró el detective.

«Serénate… Ya sé que tienes razón. Es muy grave», afirmó ella.

«¿No viste eso? ¡Acabo de *tocarlo*!», gritó él.

«Lo sé, te he visto *tocándolo*», dijo ella.

«¿Entonces? ¿Eh? ¿Entonces qué?», volvió él a susurrar.

«No parece lo que parece», dijo la voz.

Había retirado la mano rápidamente al sentir aquel contacto como de hule o linóleo. Notó, en la yema del dedo índice, un breve rastro de pintura. Unas partículas fluorescentes que carecían de olor y de sabor. Con la yema de aquel dedo acariciaba el detective la punta de su lengua.

–Qué temerario –le dijo la Valaria del hurón–. ¿Y si esa hubiera sido una materia tóxica y usted se nos muere aquí? Imagine que le da un ataque, le falla el músculo cardíaco y adquiere la condición de difunto. ¿Qué íbamos a hacer? ¿Usted siempre hace eso, oler y probar en sus dedos todo lo que toca? ¡Como los niños! ¿Qué crees de eso, Próspero? ¡Es un irresponsable!

Legumbre se había dejado caer en el suelo, rumiando su sorpresa y repasando aquel galimatías. Apenas le prestaba atención a la Valaria regañona.

«¿Viste cómo te cuidan?», bromeó la voz.

«Para nada bueno será», pensó él.

«Ni para nada malo, hasta donde puedo ver», remachó ella.

«He tocado el cielo», murmuró.

«Yo no me aventuraría a afirmar semejante cosa. ¿El cielo dijiste?», dudó la voz.

«Si se le puede llamar cielo a *eso*», dijo él.

«Bien dicho, detective… Pero lo más importante no es saber qué es *eso*, sino por qué está *eso* ahí», aclaró ella.

«Hmm… A mí me basta con haber comprobado que *eso* es lo que está por encima de las cabezas de las personas allá abajo… Una cosa… enorme… ¡y pintarrajeada!», se lamentó.

«Si te patean el culo, si no puedes evitar que te lo pateen, lo mejor será que, en principio, sepas que te lo han pateado, que no estés al margen de la pateadura», filosofó la voz.

«Ya veo», observó él.

«Es necesario prescindir de la anestesia», concluyó ella.

El huevo empezó a descender y la Valaria de la iguana se aproximó al detective:

—Ya tenemos que amarizar —lo tomó por un brazo—. Es mejor que entremos.

—¿Es de lona o de hule? —indagó él por lo bajo.

—Plástico bioactivo. Se llama *rilthrim*.

Pero no hubo una respuesta verdaderamente articulada. La voz había sonado dentro de su cabeza, y, al ver de nuevo los ojos de esta Valaria, volvió a preguntarse ¿cuántas veces ya? si era ella la que se revolcaba con él, o si era la otra… La habría interrogado sin más, pero no se atrevía a hacerlo. A pesar de tantas dudas que lo mortificaban…

Cuando el huevo se posó en el agua negruzca, salieron al exterior y saltaron hacia las rocas.

—Adiós —se despidieron al unísono las dos Valarias.

Legumbre consideró la posibilidad de decir algo, quizás unas palabras memorables, dignas de la ocasión, o de sí mismo, pues sin duda se había transformado en un hombre singular. Pero comprendió que en esas circunstancias, y teniendo en cuenta el estado de idealista arrebato en que se hallaba su mente, cualquier cosa que expresara acabaría impregnándose del aroma del ridículo.

—Adiós —contestó.

Las dos Valarias regresaron al huevo. Antes de saltar, la de la iguana le entregó al detective una bonita edición bilingüe de las poesías de William Blake. Entonces él comprendió que ella era *su* Valaria, aunque semejante conclusión ya no tenía la menor utilidad. Después vio que ambas desaparecían en el interior del artefacto.

Cuando este se sumergió, Palinuro se acercó a él, sonriente, y le palmeó un hombro.

–Quédese un rato conmigo –le propuso con una humilde llaneza–. A esta hora siempre hay buena pesca.

Legumbre aceptó con expresión de ausencia. Tiraron los anzuelos, cebados con lombrices. Empezaba a amanecer y la tramoya del sol no iba a tardar en desplegarse a la derecha del horizonte. Y así, sentados él y el pescador en el borde del agua mansa, esperaron la llegada del nuevo día.

EPÍLOGO

> Who is Sylvia, what is she?
>
> Shakespeare

Luego de convencerme, con el transcurso de las semanas, de que ninguna de las dos Valarias tornaría a buscarme, yo, el agente Diosdado Legumbre, detective de primera clase, regresé a mi hábito de ver una y otra vez la película de mi trato con la niña de Panamá. ¿Quién o qué era ella, en verdad? ¿Una ciberchica, como había insistido mi amigo Baranda en clasificarla? ¿Una mujercita corporalmente disminuida? ¿Una actriz pagada por una corporación experta en simulaciones, o por un artista millonario con intenciones de probar alguna idea loca acerca de la ilusión de las cosas? ¿Una mutante adicta a los alucinógenos palingenésicos? Imposible saberlo.

De lo único que estaba seguro era de que ella me había suministrado placeres resistentes al olvido y que yo, metido en aquel apartamento odioso, agobiado por una aflicción que se mezclaba con la cólera, iba a terminar volando a El Cairo, en busca de la Gran Pirámide y de los cuerpos sagrados de Ada-Bama-N, para, al cabo de una estancia regeneradora, marcharme tal vez a Alejandría, y después irme a las ciudades blancas del norte del continente siguiendo la línea del Oeste. No me parecía improbable recalar un fin de semana en Derna, saltar a Ptolemais y enseguida a Bengasi, y, luego de unos días, viajar a la morena Sirte, y entonces pasar por

Misurata y Trípoli y descender hacia Gabes, o estar un mes entero en Túnez, otro en la dorada Cartago y otro en Sekikda, antes de presentarme en Argel –donde esperaría el Desfile por la Novísima Kasbah– y escabullirme a Orán, pasear por la ciudadela de Santa Cruz y, por último, coger un avión y errar por las balsámicas callejuelas de Tánger, y pararme un día, durante el crepúsculo de la tarde, en las afueras, ante las tiendas de los beduinos, arrullado por el aire de cristal, y esperar el paso de alguna caravana y preguntarme, mientras el sol se oculta: «¿Quieres desaparecer hoy mismo, agente Legumbre, o te decides a regresar al mundo que conoces?» Y justo allí, en esa frontera, le daría respuesta a esa interrogación con sólo caminar unos pasos hacia el desierto, que es tan diáfano, o volverle la espalda y retornar a la intemperancia y el rumor de la ciudad.

Pero un hombre, ya lo han dicho otros, es la suma de sus miedos, sus añoranzas, sus ansias y sus actos, y me fui de veras a El Cairo, toqué las piedras de la Gran Pirámide, besé la arena milenaria, conocí a hombres sencillos y épicos, a mujeres amables e irreales que olían a ámbar, a sudor leve, a almíbar de azafrán. E hice mi viaje por la orilla africana del Mediterráneo. Y dejé, al andar, miles y miles de huellas que seguro se perderán.

Al llegar a la Ciudad Internacional, me hospedé en el *Bois de Vincennes*, un agradable y barato hotelito francés, de sólo diez habitaciones, construido a fines de los años treinta. Los horarios eran rígidos pero la comida llegaba a ser suntuosa. A la derecha de mi habitación vivía un viejo médico etíope con su hija, una dama algo mustia que lo asistía en sus consultas. A la izquierda, auxiliado de una vihuela, un antropólogo alemán muy joven cantaba, el día entero, un repertorio notable de *qasidahs*.

Una tarde, crucé las últimas calles y dejé tras de mí un terraplén por donde pasaban camiones de víveres y otros vehículos. Las viviendas ya empezaban a escasear y la tierra, franca, se extendía más allá, adornada por una vegetación rala. Entonces vi el desierto, o el principio del desierto, donde el aire temblaba a causa del calor. El sol ya se ponía, clavando su brillo en el suelo inhóspito, y pude hacerme aquella pregunta sobre las alternativas de la huida y el regreso, sobre la insistencia en la vida de las máscaras y la reconciliación final con mi paisaje, con mis escasos dones, con mi rutina de siempre. Habían transcurrido siete meses y veintidós días desde mi partida.

Regresé al hotelito a medianoche. Vacié, sediento, una botella de agua, y al amanecer recogí mi equipaje, pagué mi estancia y me marché. Salvo en la escala madrileña, al término de la cual me vi obligado a consumir un costoso café con crema, el resto de mi viaje lo pasé durmiendo.

Al llegar a La Habana noté que hacía un poco de frío. Era de noche. El taxista que me condujo a casa celebraba tres cosas continuamente: la llegada del invierno, la claridad de la luna y la limpieza del aire.

Como siempre, mi apartamento daba cobijo a las sombras —en especial las de mi alma, que se negaban a morir—, y me pareció que la atmósfera, por largo tiempo encerrada, hedía a cubil, a nido de pájaro solitario, a madriguera de topo.

Pasé la noche viendo mi película, sobrexcitado, añorando a mi Valaria, mi infanta dadivosa, y deseando que el barman tocara la puerta con otra botella de tequila. Cuando la frialdad de la madrugada empezó a insinuarse, tomé una determinación. Sosegué mi cuerpo bajo la ducha caliente, me vestí con ropa limpia, sin ningún tipo de lujo, y me tiré encima una chaqueta que olía a polvo envejecido. Me oculté bajo una gorra con visera de plástico verde.

Salí a la calle, en dirección al parque de la Casa de los Muertos. Allí había comenzado todo. Una idea fija rondaba mi mente y no me detendría hasta ponerla en práctica.

Faltarían una o dos horas para que amaneciera. Me senté en uno de los bancos, a esperar. Si mis presunciones no fallaban, los chicos de los sables no tardarían en aparecer. Valaria me había dicho que se presentaban allí, armados, a la salida del sol.

Dormité, sin la incomodidad de las pesadillas, como un vagabundo cansado que hace un alto en el camino para reanudar las que serán sus últimas aventuras. La gorra me tapaba una zona del rostro y mi atuendo no levantaba sospechas. El frío era intenso, pero me había abrigado bien.

Me despertó un ruido de pasos. Tres espadachines, brillantemente ataviados, avanzaban borrosos a causa del sol joven que les daba en las espaldas. Tres chicos serenos, bellos y crueles que se detuvieron ante mí, el único espectador que iban a tener a esa hora. Me saludaron, inclinándose con suma cortesía, y empezaron a combatir.

No creo para nada en la hermosura de semejantes lides, pero en esta había una especie de fe que aliviaba la tenebrosidad. Los sables refulgían con rapidez en el aire y lo cortaban con un sonido de donde se ausentaban las voces. Ninguno de los tres contendientes hablaba. Peleaban todos contra todos dibujando, tal vez, una compleja alegoría de la sobrevida. Los choques del metal contra el metal eran muy escasos, pero de una angustiosa precisión.

Dinos quién ha sido el mejor, me pidió, cuando terminaron, el chico vestido de azul. En ese instante empecé a hilvanar una explicación semifantástica con la que alcancé a convencerlos de que los tres habían peleado con idéntica maestría. Me referí a los sonidos, al silbar del aire en los filos, a la danza de los brazos, a la disciplina de las cinturas, al ascetismo del metal lesionando el metal. *Han peleado como un solo guerrero, o como tres imágenes simultáneas del mismo guerrero*, concluí.

Quedaron satisfechos.

Les pedí que me enseñaran sus armas.

Comprobé, al verlas, que eran sables Red Snake.

Les ofrecí dinero por el espectáculo, pero no aceptaron.

Pero quizás podría ayudarlos si les hago un encargo, dije con mucho cuidado. El chico vestido de azul se adelantó. *Habla*, exigió en voz muy baja, observándome con intensidad. *Necesito un arma de esta misma marca*, manifesté mientras acariciaba la empuñadura de su sable. *Qué tipo de arma*, preguntó el que vestía de rojo. *Algo que tenga mucho poder*, dije. *¿Una metralleta con cargador doble, quizás?*, me propuso. *No* –negué con la cabeza–. *En realidad me haría falta un arma más destructiva*. El que vestía de amarillo se acercó al que vestía de azul. *Recuerda que todavía no podemos vender ninguna granada*, le advirtió. *Espera* –el que vestía de rojo se volvió hacia mí–. *A lo mejor estás pensando en un cohete*. Sonreí discretamente. *En un lanzacohetes, para ser más preciso*, dije. *Lo que tenemos es un lanzamisiles… y causa un efecto superior*, detalló, satisfecho, el que vestía de amarillo. *Sería muy feliz con uno de esos*, declaré. *¿Y tienes dinero para pagarlo?*, preguntó el que vestía de azul. *Por supuesto*, dije.

Nos pusimos de acuerdo en una cifra. Era muy alta y me dejaba en la ruina, pero valía la pena.

Ven mañana, a esta misma hora, indicó el que vestía de azul.

Regresé al apartamento, me despojé de mi disfraz y me eché en la cama, contento de mi suerte. No era un momento apropiado para dormir, pero me rendí como un bebé.

Ese día lo dediqué a disfrutar de nuevo de mi película. O de *nuestra* película. Sabía que esa iba a ser la última vez y me sorprendí forjando, con anticipada y absurda nostalgia, una ficción en la que Valaria y yo, repentinas estrellas del cine pornográfico, presentábamos nuestra obra maestra ante un nutrido auditorio formado por especímenes de la periferia social habanera.

Por la noche me fui a un parador en cuyos altos se hospedaban algunos viajeros procedentes del interior de la isla. En los bajos se cocinaba y vendía comida china, y me aposenté en un rincón penumbroso. Cené, sin embargo, en compañía de una chica flaca, de cuello estilizado y grandes ojos negros. Me aseguré de que no me hiciera confidencias, salvo la que se refería a su profesión. Bailaba en locales semiclandestinos –era algo así como una *stripper*– y cuidaba mucho su dieta. Al final de la cena me dejó entrever que yo le gustaba. Le correspondí más por cortesía que por atracción, y nos fuimos al apartamento. Acoplamos nuestros cuerpos larga y estupendamente. Nunca había visto a una mujer cuyo sudor la adornara con tanta fastuosidad.

Mae –ese era su nombre, o el nombre que usaba esa noche– se marchó al día siguiente muy temprano. No me besó. Tan sólo sonreía. No nos vimos más.

Me vestí con mi disfraz para la cita con los guerreros. Caminé unas cuadras y utilicé los servicios de un churroso bicitaxi conducido por un joven con ínfulas de cicerone. Cuando llegué al parque, advertí que los guerreros ya estaban esperándome. No hablamos ni para saludarnos. Le dije al joven del bicitaxi que me aguardara y puse el dinero en manos del guerrero vestido de azul. Luego de contarlo rápidamente, le hizo una seña al que vestía de amarillo y este abrió un maletín largo y estrecho y me mostró su interior. El lanzamisiles refulgía.

Regresé al apartamento con mi trofeo. Ya el barman y el celador merodeaban por la piscina comunitaria, pero se mantuvieron alejados de mí. Por algún motivo providencial habían renunciado a tratarme. Me alegré de que todo hubiese salido tan bien y llamé al teniente Trufado a su casa, sin esperanza alguna de encontrarlo allí. Pero todo continuaba saliéndome bien, ¡mucho más que bien!, y el teniente contestó el teléfono personalmente. Se excusó por el viejo asunto del helicóptero –una equivocación en la que tal vez se originaba mi historia– y me preguntó en qué podía servirme. Lo convencí de que me llevara consigo en su próximo vuelo nocturno.

Era 22 de diciembre y Trufado iba a volar el 24, a las once de la noche, en misión de reconocimiento de rutina. No le hacía la menor gracia ausentarse ese día de su casa y del convite familiar. Sin embargo, en lo que a mí concernía, ¿qué fecha mejor que esa para sellar mi destino?

El momento llegó y me adentré en la Central como si tal cosa. Salvo los aburridos guardias y un par de oficiales irascibles, nadie más andaba por allí. Caminé hacia el hangar y a lo lejos vi al teniente, sentado junto a su aparato con una revista en las manos. Me saludó con cierta campechanía. Por lo menos iba a estar acompañado esa noche. Cuando reparó en el maletín, un brillo de curiosidad cruzó por sus ojos. *¿Y eso?*, pestañeó. *Una promesa*, contesté.

El helicóptero se elevó por encima del hangar y dejó atrás la Central. Trufado puso proa al norte, buscando la costa, y encendió las luces. Le dije que necesitaba ir a la entrada de la bahía y sonrió contento, antes de extenderme una graciosa barra de chocolate.

Iluminado desde abajo, el Cristo de la bahía se erguía como siempre, observador y tranquilo, lleno de paciencia, pero exhalando una misteriosa sabiduría corporal. Los tupidos haces de los reflectores lo lamieron de arriba a abajo, su carne de mármol de Paros centelleó y algo –quizás una mueca– cambió la expresión de su rostro. Luego de comprobar que no había nadie merodeando por el pedestal, le pedí a Trufado que, sin apagar los reflectores, se acercara a la estatua e hiciera un giro hacia la izquierda. Me preguntó si ya iba a cumplir mi promesa y le contesté que sí. Por eso no mostró ningún recelo cuando me moví hacia la parte trasera del helicóptero, donde, por cierto, él no podía verme.

Cuando tienes dudas muy serias sobre la solidez de lo real, o cuando crees que duermes bien y comprendes que del insomnio pasaste a ese estado monstruoso donde, desde la vigilia pura, cualquier ensueño te traiciona –pues en realidad no has dormido–, o cuando alguien te muestra la cara fea de las cosas –por lo general esa es la cara verdadera–, la tendencia de la piedad, que sólo podría ser una mierdita de origen divino, es hacia un tipo de engaño que no hace más que complicarte la vida. Alguien viene, te escoge, te muestra lo que sucede tras el telón y te transformas en un privilegiado. Y esa piedad, que quizás venga inscrita en la sangre como un apestoso mecanismo autónomo, se presenta entonces para arruinar el embrujo sin embrujos de la revelación, porque intenta disuadirte de que has visto algo auténtico, o de que sabes algo terrible que los demás ignoran. Cuando el proceso es *ese*, y ocurre de *esa* manera, se te cierran casi todas las alternativas y vomitas con facilidad. Después sólo te queda una opción: la de agredir lo real para sacudir los efectos nocivos de la piedad, o para averiguar –y ese es el mejor de los casos, o al menos el más divertido– si lo real *es tan real como se supone que sea*.

Abrí la ventanilla trasera, saqué el lanzamisiles del maletín, lo cargué, encendí el calibrador digital, apunté a la base de la estatua y disparé. El proyectil hizo una breve curva de estabilización, soltó una discreta estela de humo blanco, giró sobre su eje e hizo impacto en el pedestal, justo entre los dos pies del Mesías. Un bonito fuego azul, más tres explosiones sordas y encadenadas, me convencieron de que el duelista vestido de amarillo no había mentido sobre la inteligente eficacia del misil. La estatua se inclinó hacia la derecha y después hacia atrás. Cayó sobre la tierra sin romperse y rodó hacia el mar con una rara e impetuosa energía. El agua negra, poco profunda allí, no llegó a taparla del todo.

Trufado se dio cuenta de que algo ocurría cuando vio, a su derecha, que el Cristo se balanceaba hasta derrumbarse. Hizo girar el helicóptero, se colocó de frente al humo que brotaba, y, sólo después de registrar el desastre con la cámara de a bordo, comprendió que su autor había sido yo mismo. Me miró de reojo, aterrado, y abrió la boca cuando volví a sentarme a su lado. Yo mantenía un escrupuloso silencio. Él parpadeó varias veces sin decir nada. Esa iba a ser la noche más larga de su vida.

En cuanto a mí, lo único que ocupaba mi mente eran los fantásticos rebotes que daba la estatua mientras rodaba hacia el mar. Cuando reanudé mi contacto con la noche habanera, pude reconocer el malecón, el silbido tenue de los autos y la vida mínima de los edificios. Rompí el celofán de la barra de chocolate y le arranqué un trocito. Le rogué a Trufado que me dejara cerca del litoral. Sin contestarme, pero con la mirada triste, enfiló hacia las rocas y descendió hasta estacionarse a un par de metros del agua revuelta.

Salté con el maletín y dejé que el arma se hundiera. Nadé hasta que toqué fondo. A esa hora el arrecife se encontraba vacío porque la indiscreta luz de la luna daba de lleno contra él. Observé el firmamento y, chorreando agua, escalé el muro. La agitación de la ciudad llegaba a mí en forma de rumor. Descubrí fuegos de artificio que estallaban en varios puntos. Y aunque el frío iba arreciando, acomodé mi cuerpo encima de la piedra con el fin de ver el juego de los colores en el cielo. Me sentía contento y tranquilo. No tenía otra cosa que hacer.